AF509707

CATALOGUE

DE

BONS LIVRES D'OCCASION

ANCIENS & MODERNES

SOLDES

OUVRAGES RÉCEMMENT PARUS

MUSIQUE

En vente aux prix marqués

A LA LIBRAIRIE

ERNEST FLAMMARION & A. VAILLANT

Galeries de l'Odéon, 1 à 9, et 4, rue Rotrou, PARIS

A partir de 25 fr. tous les Envois sont expédiés franco dans toute la France.

ACHAT DE BIBLIOTHÈQUES

Nous avons à la disposition de notre clientèle un grand assortiment de Livres français et étrangers, Musique, Papeterie, Maroquinerie, Articles de dessin et de bureau, ainsi que toutes sortes d'ouvrages d'occasion, et nous nous chargeons de fournir les ouvrages de tous les éditeurs parisiens **avec des remises importantes** *ainsi que tous les articles dont nos clients pourraient avoir besoin.*

Envoi franco du Catalogue à toute personne qui nous en fera la demande.

OUVRAGES RÉCEMMENT PARUS

ADAM (Paul). L'année de Clarisse, pointes sèches de G. Darbour 1 vol. in-12 3 fr. 50 net . . . . 2 fr. 75

Amitié amoureuse, préface fragmentée de Stendhal. 1 vol. in-18 3 fr. 50, net. 2 fr. 75

ANNUNZIO (G. d') Les Vierges aux rochers. 1 vol. in-12. 3 fr. 50, net . . . . . 2 fr. 75

ANTAR (Michel). En Smaala , La vie militaire au désert. 1 vol. in-18. 3 fr. 50, net . . . . 2 fr. 75

ARÈNE (Paul). Friquettes et friquets. 1 vol. in-18. 3 fr 50, net . . . . . . 2 fr. 75

Le délicat conteur qu'était Paul Arène a laissé toute préparée une série de volumes à publier.

Quelques jours avant sa mort, il avait donné le bon à tirer du volume.

La lecture de ces délicieuses nouvelles est un véritable plaisir pour ceux qui recherchent l'originalité des idées et la beauté dans la forme littéraire qui les exprime.

ARJUZON (d'). Hortense de Beauharnais. 1 vol. in-12. 3 fr. 50, net . . . . . 2 fr. 75

ARMELIN. Le livre d'or de 1870. in-12 3 fr. 50 net. . . . . 2 fr. 75

On ne connaît pas assez les actes de bravoure qu'accomplirent nos officiers et nos soldats pendant la guerre franco-allemande. cela a donné l'idée à l'auteur de publier ce volume où sont relatés les traits d'héroïsme, les actions d'éclat de cette guerre avec les nobles et grandioses paroles prononcées dans la mêlée.

C'est un recueil d'environ 250 petits tableaux de bataille écrits en une langue imagée. où se reconnaît le poète de la *Gloire des Vaincus.*

AUBERT (Charles). Pantomimes modernes illustrées. 1 vol. in-18 3 fr. 50, net . . . . 2 fr. 75

Il vient enfin de paraître un recueil de **Pantomimes** pouvant être jouées dans tous les salons.

Le volume, renferme des scénarios de pantomimes et des monologues mimés des plus amusants et des plus gais. Les illustrations fantaisistes et les portraits de jolies femmes qui accompagnent le texte ne contribueront pas peu au succès de ce livre qui sera bientôt sur toutes les tables des salons.

AURIOL. Le chapeau sur l'oreille. 1 vol. in-12. 3 fr. 50 net . . . . . . 2 fr. 75

Tous ceux qui aiment à rire et qui prennent plaisir à lire de courtes nouvelles débordantes de fantaisie et de drôlerie achèteront ce nouveau recueil de récits joyeux du spirituel chroniqueur.

BALFOUR (A). Les bases de la croyance, trad. de l'anglais par G. Art, préface par F. Brunetière, 1 vol. in-8 7 fr. 50 net. 6 fr. 50

BATILLAT (Marcel). Chair mystique, roman. 1 vol. in-12. 3 fr. 50 net . . . . 2 fr. 75

BELLESSORT. La jeune Amérique. Chili et Bolivie. 1 vol. in-12. 3 fr. 50, net . 2 fr. 75

BENEDETTI (Comte). Essais diplomatiques, (nouvelle série), précédés d'une introduction sur la question d'Orient. 1 vol. in-8. 7 fr. 50, net. . . . . 6 fr. 50

BERARD (V). La Turquie et l'Hellénisme contemporain, 2e édition. 3 fr. 50, net. 2 fr. 75

— La politique du Sultan, préface par E. Lavisse. 1 vol. in-12 3 fr. 50, net 2 fr. 75

BJORNSTJERNE BJORNSON. Au delà des forces, drame social en quatre actes, trad. Monnier et Littmanson. 1 vol. in-12 3 fr. 50, net. . . . . 2 fr. 75

BLAVET (Emile). Au pays Malgache. 1 vol. in-12. 3 fr. 50, net . . . . 2 fr. 75

BORDEAUX (Henry). Sentiments et idées de ce temps. 1 vol. in-12. 3 fr. 50, net 2 fr. 75

BOURGET (Paul). Recommencements. 1 vol. in-12. 3 fr. 50, net . . . . 2 fr. 75

BOURGOING (Baron de). Souvenirs militaires, 1791-1815, publié par le baron P. de Bourgoing. 1 vol. in 12. 3 fr. 50, net. 2 fr. 75

BOVET (Marie Anne de). Partie du pied gauche. 1 vol. in-12. 3 fr. 50 net . 2 fr. 75

BROCHARD (V). De l'erreur : 1 vol. in-8. 5 fr. net. . . . . 4 fr 50

CAHU (Théodore). Le soldat Français à travers l'histoire. 1 vol. in-12 illustré 3 fr. 50 net . . . . 2 fr. 75

Expliquer sommairement au soldat comment aux diverses époques il fut recruté, habillé, armé, nourri, logé, commandé, avec une part suffisante à l'anecdote, tel est l'ouvrage.

— Vendus à l'ennemi. 1 vol in-12. 3 fr. 50, net. . . . . 2 fr. 75

Sous ce titre saisissant et évocateur du forfait le plus épouvantable qu'un homme puisse commettre. l'auteur a écrit un dramatique et passionnant roman. On est douloureusement impressionné en lisant ce récit plein de vie et de mouvement, dans lequel sont retracés tous les incidents tragiques d'une trahison infâme commise par un officier français, à l'instigation d'une femme passionnément aimée.

— La rançon de l'honneur, suite de Vendus à l'ennemi, 1 vol. in-12 3 fr. 50, net 2 fr. 75

On assiste dans ce volume à la chasse mouvementée d'un traître à la patrie, chasse remplie d'épisodes dramatiques et piquants, et au châtiment suprême que se décide à s'infliger ce traître qui, par amour pour une femme indigne, n'avait pas reculé devant le pire des crimes qu'un homme puisse commettre; la trahison de la patrie.

CABANÈS (Dr) Le cabinet secret de l'histoire 2e série. 1 vol. in-12 3 fr. 50 net. 2 fr. 75

CASTELLANE (Maréchal de). Journal 1804-1862. 5 vol. in-8 chaque vol. 7 fr. 50 net . . . . 6 fr. 50

CASTRIES (H. de). L'Islam, impressions et études. 1 vol. in-12. 4 fr. net. . . 3 fr. 50

CEALIS (de l'Odéon). De Sousse à Gafsa. 1 vol. in-12 illustré 3 fr. 50 net. . 2 fr. 75

CHANCEL (Jules). Les plaisirs gratuits à Paris 1 vol. in-12 illustré 3 fr. 50, net. 2 fr 75

CHRISTOL. Au sud de l'Afrique. 1 vol. in-12 illustré de 150 dessins. 3 fr. 50 net. 2 fr. 75

CORNEILLE (P.). Chefs-d'œuvre. Le Cid, Cinna, Horace, Polyeucte, préface et notes par Brunetière. 1 vol. in-8. illustré 7 fr. net. 6 fr.

COURTELINE (G.). La vie de caserne, compositions de H. Duplay. 1 vol. in-8. 20 fr. net. . . . . 17 fr. 50

DANRIT et de PARDIELLAN. Journal de guerre du lieutenant von Piefke. 2 vol. in-12 7 fr. net. . . . . 5 fr 25

C'est le récit de cet émouvant épisode de *La Guerre de Demain*, raconté par un officier allemand, lequel renferme des détails très circonstanciés sur l'armée allemande, sa mobilisation, son armement, son ravitaillement et sa manière de combattre. A signaler les remarquables illustrations de Paul de Sémant.

DARTIGE du FOURNET. (le commandant) Journal d'un commandant de la Comète. Chine-Siam-Japon. 1892 — 1893. 1 vol. in-18 illustré 4 fr., net. . . . . 3 fr. 50

DASH. Mémoires des autres, tome III, souvenirs sur Charles X, révolution de juillet. 1 vol. in-12 3 fr. 50, net. . . . . . 2 fr. 75

DAUDET (Alp.). Le Trésor d'Arlatan, aquarelles de Laurent-Desrousseaux. 1 vol. in-12 3 fr. 50, net. . . . . 2 fr. 75

DAUDET. (Ernest). **Rolande et André**, roman. 1 vol. in-12. 3 fr. 50, net . . . **2 fr. 75**

DAUDET (Léon). **Suzanne.** 1 vol. in-12 3 fr.50 net . . . . **2 fr. 75**

DEJOB (Ch). **Etudes sur la tragédie.** 1 vol. in-18 4 fr. net . . . . **3 fr. 50**

DELAIR (Paul). **Chansons épiques, geste de Guillaume.** 1 vol. in-18 3 fr. 50, net. **2 fr. 75**

DOMBRE (ROGER). **Le médecin de Bellemaman.** 1 vol. in-18 3 fr. 50, net. . **2 fr. 75**
Roman pour les jeunes filles.

DOYEN et ROUSSEL.**Atlas de Microbiologie** 1 vol. in-8 avec 541 figures dans le texte 30 fr. net . . . . **26 fr.**

DU BOIS (Cte Albert). **Athénienne.** 1 vol. in-12 3 fr. 50, net . . . . . . **2 fr. 75**

DUPROIX (Paul). **Kant et Fichte et le problème de l'éducation.** 1 vol. in-18 5 fr., net. **4 fr.50**

EMPIS (Lucien S.). **Les gaietés du sabre**, illustrations de A Guillaume. 1 vol.in-12 3 fr. 50 net . . . . **2 fr. 75**

FEUILLET (Octave). **Julia de Trécœur**, illustrations de Marchetti. 1 vol. in-16 6 fr. net. . . . . **5 fr. 25**

FOA (Ed.). **Du cap au lac Nyassa.** 1 vol. in-12. 4 fr. net . . . . **3 fr. 50**

FRANCE (Anatole). **L'orme du Mail.** 1 vol. in-18. 3 fr. 50, net . . . . . **2 fr. 75**

GAULOT (P.). **Les grandes journées révolutionnaires**, histoire anecdotique de la convention nationale. 1 vol. in-8.6 fr., net **5 fr.25**

GAUTIER (Th.) **Le Capitaine Fracasse.** 2 vol. in-12 (Petite bibliothèque littéraire) 12 fr. net **10 fr.50**

GEFFROY (G.).**L'enfermé.** 1 vol. in-12 3fr.50 net. . . . . **2 fr. 75**

GUILLOT (E). **Eléments d'ornementation pour l'enluminure.** 1 album oblong. 16 planches en couleurs 3 fr. net. . . . . . **2 fr. 50**

GUIRAUD (Paul). **La conversion de Gaston Ferney**, roman spirite. 1 vol. in-12 3 fr. 50 net. **2 fr.75**
Au moment où le spiritisme préoccupe à un si haut degré l'opinion publique, où les théories contraires sur le sujet déconcertant font verser des flots d'encre et passionnent le lecteur. l'œuvre étrange de Paul Guiraud nous semble appelée à un immense succès de librairie.
Non seulement toutes les femmes, avides d'émotions et de de sensations surnaturelles, mais encore tous ceux qui s'intéressent à la troublante question, voudront lire ce volume. Ecrite dans une belle langue sobre, d'une remarquable tenue littéraire, cette œuvre, que l'auteur dédie à Jean Aicard, peut être placée entre toutes les mains.

HEROLD (A. Ferdinand). **Images tendres et merveilleuses.** 1 vol. in-12 3 fr. 50 net.**2 fr. 75**

HERVIEU (Paul). **La bêtise humaine** 1 vol. in-12 3 fr 50, net **2 fr.75**

JOLLIVET. **Les Anglais dans la Méditerranée** 1 vol. in-12. 3 fr. 50, net . . . **2 fr.75**

JUILLARD (Emile). **Les désespérés et les déserteurs de la vie.** 1 vol. in-12 3 fr. 50, net. . . . . **2 fr. 75**

LA BRETE (Jean de). **L'esprit souffle où il veut.** 1 vol. in-12 3 fr. 50, net. . . **2 fr 75**

LACAUSSADE. **Les épaves.** 1 vol. in-12 6 fr. net. **5 fr.25**

LAJEUNESSE (Ernest). **Imitation de notre maître Napoléon.** 1 vol. in-12 3.50 net **2 fr. 75**

LAVEDAN (Henri). **Le nouveau jeu**, 1 vol. in-8. 3 fr. 50. net. . . . . **2 fr 75**

LAZARE (Bernard). **Les Porteurs de Torches** roman. 1 vol. in-12 3 fr. 50 net. . **2 fr. 75**

LENOTRE (G). **La captivité et la mort de Marie-Antoinette.** Les feuillants. — Le Temple. — La Conciergerie. 1 vol. gr. in-8 8 fr., net. . . . . **7 fr.**

LEROUX (Hugues). **Le maître de l'heure**, roman d'histoire et d'aventures 1 vol. in-12 3 fr. 50 net. . . . . **2 fr. 75**

LEVY (Jules). **Tout à la rigolade.** 1 vol. in-12. 3 fr 50 net. . . . . **2 fr. 75**
Il ne faut jamais laisser passer une bonne occasion de rire. Jules Lévy, docteur ès-gaîté, vient de donner une nouvelle ordonnance. Les hypocondriaques seront à tout jamais guéris après la lecture de **Tout à la rigolade!** que l'on vient de mettre en vente dans la collection des auteurs gais. H.-P. Dillon a revêtu le volume d'une somptueuse couverture artistique, qui est tout simplement un chef-d'œuvre

LOUYS (Pierre) **Aphrodite, mœurs antiques.** 1 vol. format 0m. 95m. $\times$ 0m. 195m. illustration de Calvet, 3 fr. 50 net. . . . . **2 fr. 75**

LIWOFF. **Michel Katkoff.** 1 vol. in-12 3 fr. 50, net. . . . . **2 fr. 75**

LOMBROSO (Cesare). **Les Anarchistes**, trad. par les docteurs Hamel et Marie. 1 vol. in-12 3 fr. 50 net. . . . . **2 fr. 75**

LOTI (Pierre) **Les trois dames de la Kasbah.** 1 vol. pet. in-8 illustré 6 fr. net. . . **5 fr. 25**

.— **Œuvres complètes**, Tome XI. Fantôme d'Orient. - Matelot. - L'Exilée. 1 vol. in-8 7 fr. 50, net . . . . **6 fr. 50**

LYS (Georges de). **Officier et soldat.** 1 vol. in-8 3 fr. 50 net. . . . . **2 fr. 75**

MAEL (Pierre). **Petit Ange** 1 vol. in-12 3 fr. 50, net **2 fr.75**
C'est la touchante et dramatique histoire d'une jeune artiste qui, recueillie dans un naufrage, grandit dans l'humble demeure de sabotiers bretons, puis vient suivre à Paris les cours du Conservatoire, où elle se révèle virtuose accomplie, et finit par retrouver sa famille qui, depuis quinze ans, pleure sa mort.
Ce livre, que les plus jeunes peuvent lire, intéressera les plus mûrs. Drames, sentiments, nobles et hautes pensées, tout s'y trouve réuni pour en accroître l'intérêt et en assurer le succès.

— **Castel-Rouge** 1 vol. in-12 3 fr. 50 net. . . . . **2 fr 75**

— **Le bois d'amour.** 1 vol. in-12 3 fr. 50 net. . . . . **2 fr 75**

MAHALIN. **Les espions de Paris.** 1 vol. in-12 3 fr. 50 net. . . . . **2 fr. 75**

MAIZEROY (R). **Joujou.** 1 vol. in-18, 3 fr. 50 net. . . . . **2 fr. 75**

MALLARMÉ (Stéphane). **Divagations.** 1 vol. in-12. 3 fr. 50 net . . . . **2 fr. 75**

MALOSSE (Louis). **Impressions d'Egypte.** 1 vol. in-12. 3 fr. 50 net. . . . . . **2 fr. 75**

MALOT (Mme H). **L'amour dominateur.** 1 vol. in-12. 3 fr. 50, net . . . . . **2 fr. 75**
Ce titre dit ce qu'est le roman : l'évolution de l'amour chez la femme, celle de 20 ans, celle de 30 ans, celle de 40 ans. Cette évolution, notée subtilement, est peinte avec largeur par une plume féminine qui en a fait un bien curieux livre pour les femmes et aussi pour les hommes, en leur montrant comment se joue sur leur cœur la symphonie des passions.

MARESCHAL de BIÈVRE (Georges). **Angette.** 1 vol. in-18. 3 fr 50 net. . . . . . **2 fr. 75**
Angette est le nom d'une jeune fille très pure et toute charmante; elle aime un enseigne de vaisseau qui se laisse séduire par la grâce coquette d'une jolie Anglaise flirteuse et par la beauté méridionale d'une sémillante bouquetière niçoise; mais Angette ramène le marin par la simplicité de son amour. L'action, très dramatique, émouvante, se passe dans un cadre de lumière, parmi les bouquets des batailles de fleurs, au milieu des fêtes du carnaval de Nice.

MARTIN-VIDEAU (Ed.). **Les deux amours de Jean Seguin.** 1 vol. in-12 3 fr. 50, net. . . . . **2 fr. 75**

MARTIN (Jules). **Nos auteurs et compositeurs dramatiques.** Portraits et biographies, préface par M. Donnay. 1 vol. pet. in-12 3 fr 50, net. . . . . **2 r. 75**
Ce volume pour lequel Maurice Donnay a écrit une spirituelle préface contient en outre une foule de documents fort intéressants sur les Sociétés d'Auteurs, le Droit des pauvres, les prix de Rome depuis la fondation, la Critique, etc. De plus l'auteur a eu l'ingénieuse idée de reproduire à la fin de cet ouvrage une quarantaine *d'affiches anciennes et moder-*

nes du plus haut intérêt. La série commence à la moitié du XVIIᵉ siècle avec les troupes entretenues de Sa Majesté pour passer ensuite par les Comédiens, Danseurs et Sauteurs du Roy, les Théâtres de la Révolution, de l'Empire, de la Restauration, etc., et finit avec les affiches illustrées de nos jours. Il y a dans la rédaction des affiches anciennes des choses vraiment curieuses. En somme ce volume plein de documents très soigneusement recherchés est indispensable à tous ceux qui s'intéressent au théâtre, à la musique et à la littérature.

MARY (J.). Les enfants martyrs. 1 vol. in-12 3 fr. 50, net. . . . . 2 fr. 75

MASSON (Frédéric). Napoléon et sa famille. 1 vol. in-8. 7 fr. 50, net. . . . . . 6 fr. 50

MERMEIX. Le Transvaal et la Chartered. la Révolution de Johannesburg et les mines d'or. 1 vol in-18. 3 fr. 50, net. . . . 2 fr. 75

MEROUVEL (Ch.). Fièvre d'or. 2 vol in-12 7 fr., net. . . . . 5 fr. 50

METENIER (Oscar). Andrée. 1 vol. in-12 3 fr. 50, net. . . . . 2 fr. 75

MICHELET. L'amour. La Femme. 1 vol. in-8 7 fr., net. . . . . 6 fr.

Tout le monde sait que le livre **L'Amour** est l'une des plus belles études psychologiques qui aient jamais été écrites sur ce sujet ; on y trouve de profondes analyses, de savantes observations, des remarques piquantes et des vérités parfois cruelles mais absolues dont tous, jeunes ou vieux, nous pourrons faire notre profit.

Quand à **La Femme**, c'est cette œuvre philosophique célèbre dans laquelle le grand penseur traite du mariage et qui renferme tant de pages magistrales qui passionnent tous les admirateurs du grand historien.

MUNKACSY-MIHALY. Souvenirs. L'Enfance, 1 vol. in-18. Portraits. 3 fr. 50, net, 2 fr. 75

MURAT (le comte). Murat, lieutenant de l'Empereur en Espagne, 1860, d'après sa correspondance inédite. 1 vol. in-8, 7 fr. 50, net . . . . 6 fr. 50

NACLA (vicomtesse). Il, le choisir, le garder Conseils à une jeune femme. 1 vol. in-18. 3 fr. 50, net. . . . . 2 fr. 75

Ce livre guide les jeunes femmes pendant les premières heures si scabreuses du mariage. Il apprend aux mères à donner les leçons de la vie à leur fille, avant de la laisser partir au bras du nouvel époux.

C'est un conseiller discret, depuis l'alphabet de l'amour jusqu'aux joies de la maternité. Il effleure d'une main légère les voiles les plus mystérieux.

Napoléon en exil. Complément du mémorial de Sainte-Hélène par le docteur Barry E. O'Meara. Tome I. 1 vol. in-12, 3 fr. 50, net . . . . 2 fr. 75

NOE (Michel). L'assaut, roman 1 vol. in-18. 3 fr. 50, net. . . . . 2 fr. 75

NORDAU (Max). Paradoxes sociologiques. 1 vol. in-12, 2 fr. 50, net. . . . . . 2 fr. 25

OUDINOT (Camille). Noël-Savare. 1 vol. in-12 3 fr. 50, net. . . . . 2 fr. 75

PAILLERON (Edouard). Pièces et morceaux. 1 vol. in-18, 3 fr. 50, net. . . . . 2 fr. 75

PEYREBRUNE (G. de). Les fiancées. 1 vol. in-18. 3 fr. 50, net. . . . . 2 fr. 75

PIERLING (le P.). La Russie et le St-Siège. Etudes diplomatiques. Tome II. 1 vol. in-8. 7 fr. 50, net. . . . . 6 fr. 50

POIRÉ (Eugène). L'émigration française aux colonies 1 vol in-12. 4 fr. 50, net. 2 fr. 75

POTOCKA (Comtesse). Mémoires 1794-1820, publiés par C. Stryenski. 1 vol. in-8 avec portrait. 7 fr. 50, net. . . . . . . 6 fr. 50

POUGIN (Arthur). Acteurs et actrices d'autrefois, histoire anecdotique des théâtres à Paris depuis 300 ans. 1 vol. in-12. 3 fr. 50, net. . . . . 2 fr. 75

POUVILLON (Emile). L'Image, roman. 1 vol. in-12. 3 fr. 50, net. . . . . 2 fr. 75

PREVOST (Marcel). Le jardin secret. 1 vol. in-12. 3 fr. 50, net. . . . . 2 fr. 75

RECEJAC (V.). Essai sur les fondements de la connaissance mystique. 1 vol. in-8. 5 fr. net. . . . . 4 fr. 50

RICHARD (Capitaine). Cantinières et vivandières françaises. 1 vol. in-18 illustré. 3 fr. 50 net. . . . . 2 fr. 75

Cet ouvrage mérite d'attirer l'attention du public : c'est l'histoire anecdotique de nos cantinières. Toutes les pages en sont à lire, car elles jettent un jour nouveau sur l'histoire de ces modestes et vaillantes femmes. **Cantinières et Vivandières françaises** est orné de gravures, de reproduction, photographiques et d'une charmante couverture de Ch. Morel, le dessinateur militaire si apprécié des amateurs. En résumé c'est encore un excellent livre qui vient enrichir notre collection d'ouvrages militaires si en vogue en ce moment.

RICHEPIN (Jean). Le chemineau, drame en cinq actes. 1 vol. in-8. 4 fr. net . . 3 fr. 50

REGNIER (H. de). Les jeux rustiques et divins. 1 vol. in-12. 3 fr. 50. net . . 2 fr. 75

ROBIDA. Le mystère de la rue Carême-Prenant. 1 vol. in-12. 3 fr. 50, net. . 2 fr. 75 Ouvrage destiné aux jeunes filles.

ROCHAS (Albert de). Les effluves odiques. in-8. 6 fr., net . . . . 5 fr. 25

ROCHEL (Clément). Rasta. 1 vol. in-18. 3 fr. 50, net . . . . 2 fr. 75

ROD (Edouard) Là-haut, roman nouveau. 1 vol. in-16. 3 fr. 50, net. . . . . 2 fr. 75

RODENBACH (Georges). Le carillonneur. 1 vol. in-12, 3 fr. 50, net. . . . . . 2 fr. 75

ROGER-MILÈS (L). Cent pièces à dire. (Poésies) 1 vol. in-12. 3 fr. 50, net. . . 2 fr. 75

SAGERET (J). Touillard électricien. 1 vol. in-12. 3 fr. 50. net. . . . . 2 fr. 75

SAINT-AMAND (Imbert de). Louis Napoléon. et Mademoiselle de Montijo. 1 vol. in-18. 3 fr. 50, net. . . . . 2 fr. 75

SAINT-AULAIRE. Lettres de vieillards. 1 vol. in-12. 3 fr. 50, net. . . . 2 fr. 75

SALES (P.). L'enfant du péché, roman. 1 vol. in-12. 3 fr. 50, net. . . . . 2 fr. 75

SCHEFFER (Robert). Le prince Narcisse. 1 vol. in-12. 3 fr. 50, net. . . . . 2 fr. 75

SEAILLES (G.) Essai sur le génie dans l'art. 1 vol. in-8 5 fr. net. . . . . . 4 fr. 50

SEELY (John-Robert) Formation de la politique britannique trad. par le colonel Baille 2 vol. in-12 8 fr. net . . . . 7 fr.

SERVIÈRES La musique française moderne. 1 vol. in-18 avec portraits 3 fr. 50 net. 2 fr. 75 — **Richard Wagner,** jugé en France, 1 vol. in-12 3 fr. 50 net. . . . . 2 fr. 75

SOILLOT Cours théorique et pratique de comptabilité. troisième et quatrième parties. 1 vol. 3 fr. 50 net. . . . . 2 fr. 75

L'auteur de cet utile volume, qui est expert comptable à la Cour d'appel de Paris, a exposé avec une grande clarté toutes les règles de la comptabilité, et a réussi à composer un livre pratique répondant aux besoins de tout administrateur de société, commerçant, industriel ou simple boutiquier.

Souvenirs d'une bleue, élève de Saint-Cyr. Octobre 1688 — Février 1691. 1 vol in-12, 3 fr. 50 net . . . . 2 fr. 75

SPOELBERGH DE LOVENJOUL (Vte de) La véritable histoire de elle et lui 1 vol in-12 3 fr. 50 net . . . . 2 fr. 75

SUDERMANN (H.) L'indestructible passé (Es war) trad. par M. Valentin et M. Rémon. 1 vol. in-12 3 fr. 50 net . . . . . 2 fr. 75

THEURIET (André) Contes de la Primevère 1 vol. in-12 3 fr. 50 net . . . . . 2 fr. 75

TOLSTOI Pages choisies introduction par Cardiani 1 vol. in-18 3 fr. 50 net . 2 fr. 75

TOUTÉE (Commandant) Dahome, Niger, Touareg. Notes et récits de voyage 1 vol. in-12 4 fr. net . . . . 3 fr. 50

UCHARD (Mario) **Mon oncle Barbassou** édition illustrée par R. Selong et Borrione 1 vol. in-12 3 fr. 50 net. . . . . 2 fr. 75

VANDEREM (Fernand) **Les Deux rives,** 1 vol. in-18 3 fr. 50 net. . . . . . 2 fr 75

VIRGILE. **Les bucoliques** publ. par Cartault. 1 vol. in-12 5 fr. net. . . . 4 fr. 50

VOGUE (Vte Melchior de) **Jean d'Agrève.** 1 vol. in-12 3 fr. 50 net. . . . . . 2 fr. 75

WELSCHINGER. **Le roi de Rome** (1811-1832) avec un portrait d'après Isabey 1 vol. in-8 7 fr. 50 net. . . . . 6 fr. 50

XANROF. **L'œil du voisin** 1 vol. in-12, illustré 3 fr. 50 net. . . . . 2 fr. 75

WILLY. **Maitresse d'Esthetes,** roman 1 vol. in-12 3 fr. 50 net . . . . 2 fr. 75

CHANSONS JOYEUSES ET MONOLOGUES A DIRE

BILHAUD (Paul). **Gens qui rient,** choses à dire. 1 vol. in-12 3 fr. 50, net. . . 2 fr. 75

BOUKAY (M.). **Chansons d'amour.** 1 vol. in-12 3 fr. 50, net. . . . . 2 fr. 75

— **Nouvelles chansons.** 1 vol. in-12 3 fr.50 net. 2 fr.75

BRUANT (A.).**Dans la rue.** 2 vol. in-12 chaque 3 fr. 50, net. . . . . 2 fr. 75

CHAMBOT et GIRIER. **La chanson des cabots.** 1 vol. in-12. 3 fr. 50, net. . 2 fr. 75

DELMET. **Chansons du chat noir.** 1 vol. gr. in-8 6 fr., net. . . . . 5 fr. 25

— **Chansons nouvelles.** 1 vol. gr. in-8 8 fr. net. . . . . 7 fr.

— **Nouvelles chansons.** 1 vol. gr. in 8 8 fr., net. . . . . 7 fr.

FERNY.**Chansons immobiles.** 1 vol. gr. in-8 7 fr., net. . . . . 6 fr.

GRENET-DANCOURT.**Monologues** comiques et dramatiques.1 vol.in-12 3fr. 50 net. 2 fr.75

JOUY (J.). **Chansons de bataille.** 1 vol. in-12 3 fr. 50, net. . . . . 2 fr. 75

MAC-NAB. **Chansons du Chat Noir.** 2 vol. gr. in-8. 12 fr. net . . . . 10 fr. 50

— **Poèmes mobiles.** 1 vol. in-12 3 fr. 50, net. . . . . 2 fr. 75

— **Poèmes incongrus.** 1 vol. in-12 2 fr. net. . . . . 1 fr. 75

MONOLOGUES POUR DAMES. Recueil des monologues dits par Mmes Reichemberg,Ludwig, Legault, Réjane etc. 1 vol. in-12 3 fr. 50 net. . . . . 2 fr. 75

MONTOYA. **Chansons naïves et perverses.** 1 vol. in-12 3 fr. 50, net. 2 fr.75

NADAUD. **Chansons à dire.** 1 vol. in-12 3 fr. 50, net. 2 fr.75

PRADELS (O). **Chansons à dire.** 1 vol. in-12 3 fr. 50 net 2 fr.75

— **Pour dire entre femmes.** 1 vol. in-12 3 fr. 50, net. 2 fr.75

— **Pour dire entre hommes.** 1 vol. in-12 3 fr. 50, net. 2 fr.75

— **Les desserts gaulois,** 2me série de pour dire entre hommes. 1 vol. in-12 3 fr. 50 net. 2 fr.75

PRIVAS (X.). **Chansons humaines.** 1 vol. gr. in-8 6 fr., net. 5 fr.25

RECUEIL DE MONOLOGUES, dits par les frères Coquelin. 1 vol. in-12 3 fr. 50. net. . . . . 2 fr. 75

YANN-NIBOR. **Chansons et récits de mer,** préface par P. Loti. 1 vol. in-12 3 fr. 50 net. 2fr.75

— **Nos matelots.** 1 vol. in-12 3.50 net 2 fr.75

XANROF. **Chansons comiques.** 1 vol. 3 fr.50 net. . . . . 2 fr. 75

— **Chansons à Madame.** 1 vol. gr. in-8 6 fr. net. . . . . 5 fr. 25

— **Chansons sans gêne.** 1 vol. in-12, 3 50, net. . . . . 2 fr. 75

MUSIQUE

Dernières Nouveautés, Grand Succès

AUDRAN. **La Poupée,** Opérette piano et chant 20 fr., net. . . . . 15 »

— **Monsieur Lohengrin,** Opérette piano et chant, 12 fr., net . . 9 »

A. BRUNEAU. **Messidor,** drame lyrique piano et chant, 20 fr., net. . . . 15 »

CHABRIER. **Briséïs,** piano et chant, 10 fr., net. 7 50

C. ERLANGER. **Kermaria,** opéra comique, piano et chant, 20 fr., net . 15 »

L. GANNE. **Phryné,** ballet, 7 fr., net. 5 25

A. MESSAGER. **Le Chevalier d'Harmental,** opéra comique, piano et chant, 20 fr., net. . . . . 15 »

MOZART. **Don Juan,** édition de l'Opéra-Comique, 15 fr., net. 11 25

J. RICHEPIN. **Le Chemineau,** couplets sans accompagnement, 0 fr. 50., net 0 40

SERPETTE. **Le royaume des femmes,** opérette, piano et chant, 12 fr., net 9 »

G. SPINETTI. **Treize poésies de Ronsard,** mises en musique et ornées par L. Metivet de vignettes dans le goût ancien, préface de F. Sarcey. 1 vol. in-4°, riche cartonnage, 15 fr., net. . . . . 13 »

Valse des cambrioleurs du **Papa de Francine,** net. 1 50

VARNEY. **Le Papa de Francine,** opérette piano et chant, 12 fr., net. . . 9 »

— **La Falotte,** opérette piano et chant, 12 fr., net. . . . . 9 »

ŒUVRES DE CHARLES ROZAN

Collection de Livres ayant pour objet la philosophie morale et les curiosités littéraires et historiques de la langue française.

La Bonté. 10ᵉ édit., ouvrage couronné par l'Académie Française. 1 vol. in-8, 3 fr. 50 net. . . . . 2 fr. 75

« Dans ce livre où les pensées saines et élevées sont exprimées avec un talent réel de style, l'auteur dit a l'homme à quel genre de perfectionnement il doit tendre pour arriver au bien et mériter finalement le titre de bon. Observateur délicat et profond, l'auteur a traité ainsi avec amour le plus beau des sujets. »

La Jeune fille. 3ᵉ édition, 1 volume in-18, 3 fr. 50, net. . . . . 2 fr. 75

« Quelle propagande devraient faire en faveur de ce livre où sont mis en relief les charmes du naturel et de la simplicité tous les pères de famille qui veulent guérir leurs filles de la coquetterie, de la hauteur, de l'esprit de médisance et de moquerie !

Le Jeune Homme. 2ᵉ édition. 1 volume in-18, 3 fr. 50, net. . . . . 2 fr. 75

« *Le Jeune Homme*, œuvre d'un esprit original, fécond en ressources et savant en la matière ; aller franchement au but, avoir le courage de ses opinions et vouloir les moyens aussi bien que la fin, pourrait-on résumer mieux le programme d'une éducation vraiment morale, vraiment appropriée aux progrès de l'esprit et de la civilisation ? »

Au milieu des Hommes, notes et impressions. 1 vol. in-18, 3 fr. 50, net. . . . . . . 2 fr. 75

« Dans ce livre, l'auteur semble avoir eu deux objectifs principaux : la sottise des hommes et la vanité des femmes ; ce sont deux points sur lesquels il appuie un peu plus que sur les autres. Après avoir demandé aux hommes d'être bons et sensés, aux femmes d'être simples et naturelles, l'écrivain montre pour quels motifs ces modestes vertus sont difficiles à rencontrer. »

Au Terme de la Vie. 1 vol. in-18, 3 fr. 50, net. . . . . 2 fr. 75

« Que d'hommes ont vécu de longues années sans être ni usés, ni découragés, ni même désillusionnés ! Combien d'autres, par contre, ont perdu leurs forces, leur énergie, leurs croyances, leurs illusions les plus chères ! Les uns sont les vieillards, les autres sont les vieux. »

Lettres d'une Fiancée à son Grand-Père. 1 vol. in-18. . . . . 0 fr. 75

De l'Ordre dans les Idées. (Lettre d'un grand-père à sa petite-fille.) 1 vol. in-18. . 0 fr. 75

Etre aimable. (Lettre à une jeune amie.) 1 vol. in-18. . . . . 0 fr. 75

Lettres sur le Mariage. 1 vol. in-12. . . . . 0 fr. 75

CURIOSITÉS LITTÉRAIRES ET HISTORIQUES DE LA LANGUE FRANCAISE

Petites Ignorances de la Conversation. 11ᵉ édition. 1 volume in-18, 3 fr, 50, net. . 2 fr. 75

« Un grand nombre de locutions proverbiales, de dictons populaires et de phrases toutes faites ont pris place dans notre langue, surtout dans la langue de la conversation, et, en général, on serait fort en peine d'expliquer le véritable sens des unes ou l'origine des autres. On n'ignore pas que ces expressions sont empruntées soit à certains usages, soit à l'histoire, soit à nos chefs-d'œuvre littéraires ; mais le plus souvent la trace est perdue, les souvenirs sont effacés et les livres ne sont pas sous la main. »

A Travers les Mots. 4ᵉ édition. 1 vol. in-18, 3 fr. 50, net. . . . . 2 fr. 75

« L'auteur, dans ces 400 pages, a trouvé le moyen de répondre à mille et une questions qui nous embarrassent tous et que la plupart du temps nous n'osons poser crainte de paraître ignorants et aussi de mettre à nu l'ignorance de l'interlocuteur. »

Petites Ignorances historiques et littéraires. (Ouvrage couronné par l'Académie Française.) 1 volume in-8. 7 fr. 50, net. . . . . 6 fr. 50

« L'auteur reprend un à un les mots historiques les plus accrédités, soit pour les placer tels quels dans les circonstances où ils ont été dits, soit pour leur rendre leur paternité ou leur véritable caractère. Il y en a ainsi par centaines, et ils défilent successivement sous les yeux du lecteur, dans l'ordre chronologique, escortés de motifs, de preuves ou de jolies anecdotes, sans lasser un instant l'attention. »

Occasions Exceptionnelles

MAGNIFIQUES PLANCHES
DU
MUSÉE DU LOUVRE

Splendides planches gravées au burin et tirées sur chine, format $1^m05 \times 0^m71$

ANDROMAQUE

Peint par GUÉRIN, gravé par RICHOMME

Pyrrhus prenant sous sa protection Andromaque et Astyanax: à droite, Oreste, vu de profil, vient demander qu'on livre aux Grecs Astianax ; au milieu, Pyrrhus, assis sur un trône élevé, étend son sceptre protecteur sur la mère et l'enfant prosternés à ses pieds. Hermione en fureur s'éloigne vers la gauche.

Net **20** fr.

APOLLON ET LES MUSES

Peint par J. ROMAIN, gravé par R.-U. MASSARD

Apollon, au milieu des déesses, fait retentir à leurs oreilles la cithare et la lyre aux cordes d'or sur les cimes du Pinde ou de l'Hélicon.

Net **20** fr.

DIDON

Peint par GUÉRIN, gravé par FORSTER

Enée racontant à Didon les malheurs de Troie. Le prince Troyen assis sur un lit de repos fait à Didon, couchée en face de lui, le récit de la chute de Troie.

Net **20** fr.

LOUIS XVI
ROI DES FRANÇAIS, RESTAURATEUR DE LA LIBERTÉ

Ce splendide portrait peint par CALLET et gravé en 1790 par BERVIC, était le véritable portrait officiel du roi ; il avait été fait aux frais de l'Etat par ordre de la Convention nationale et livré huit mois après, juste au moment de l'arrestation du roi à Varennes. La Convention, alors, ordonna la saisie des quelques exemplaires tirés, en même temps qu'elle en interdisait la vente.

Splendide épreuve gravée au burin et tirée sur chine, format de $1^m05 \times 0^m71$ net . . . . **30** fr.

H. DU CLEUZIOU

L'ART NATIONAL

Étude sur l'histoire de l'Art en France. — Les origines. — La Gaule. — Les Romains. — Les Francs. — Les Byzantins. — L'Art ogival. 2 volumes grand in-8 contenant 924 gravures, 20 chromolithographies, 20 planches tirées à part et plus de 900 pages de texte.

Les 2 volumes. Au lieu de 90 fr. net . . . . **20** fr.

Le tome premier est relié, le tome II broché

REPRODUCTION EN FAC-SIMILE

DES

ÉDITIONS ORIGINALES DE MOLIÈRE

publiées par L. LACOUR

Format in-18 raisin. Tirage à 300 exemplaires papier vergé. Au lieu de 7 et 8 fr. net **1 25**

Le Malade imaginaire.	L'Avare.
Les Fâcheux.	Les fourberies de Scapin.
Le Sicilien.	La critique de l'Ecole des femmes.
Monsieur de Pourceaugnac.	Le Mariage forcé.
Amphytrion.	Les plaisirs de l'île enchantée.
Psyché.	Georges Dandin.

MONTESQUIEU

LE TEMPLE DE GNIDE SUIVI D'ARSACE ET ISMÉNIE

Charmante édition réimprimée avec les jolies figures d'EISEN et LE BARBIER, avant la lettre, gravées par LE MIRE, préface de O. UZANNE. Un magnifique volume imprimé avec luxe sur papier de Hollande. Au lieu de 30 fr. net . . **3** fr. **75**

RECHERCHES SUR L'ORIGINE DU BLASON

ET EN PARTICULIER SUR LA

FLEUR DE LYS

PAR

A. DE BEAUMONT

1 vol. in-18 orné de 22 planches. Au lieu de 6 fr. net. . . . . **1** fr. **50**

MICHON

HISTOIRE DE NAPOLÉON Ier

D'après son écriture

1 volume in-12, br., avec fac-similés d'autographes. Au lieu de 3 fr. net **1** fr. **50**

CATULLE MENDÈS

LA LÉGENDE DU PARNASSE CONTEMPORAIN

1 volume in-12, broché. Au lieu de 3 fr. . . . . **1** fr. **75**

DERNIÈRES ACQUISITIONS

MEISSONIER

Catalogue de l'exposition de ses œuvres 1893

L'Atelier, les Collections, Eaux-fortes et Illustrations
Préface par ALEXANDRE DUMAS FILS

Un splendide volume in-4°, orné de 60 eaux-fortes représentant les tableaux les plus importants de cet artiste, par Abot, Champollion, Courtry, Kratké, Lalauze, de Los-Rios, Toussaint, etc. Texte par Roger-Milès et Henri Beraldi.

Au lieu de 100 fr., net. . . . . **30** fr.

LE JAPON ARTISTIQUE

Par BING

Splendide collection publiée avec la collaboration de Ph. Burty, Ed. de Goncourt, L. Gonse, R. Marx. 3 magnifiques volumes in-4°, dans un riche cartonnage, contenant plus de 400 planches en couleurs, reproductions d'objets d'art, estampes, émaux, poteries, etc.

Au lieu de 150 fr., net. . . . . **40** fr.

« Vu le peu d'exemplaires que nous possédons, le prix de cette collection sera porté prochainement à 60 fr. net. »

LAFONTAINE

CONTES

AVEC LES

ILLUSTRATIONS DE FRAGONARD

Réimpression de l'édition de Didot 1795, revue et augmentée d'une notice par A. DE MONTAIGLON.

2 magnifiques volumes in-4° brochés, tirage numéroté sur papier de Hollande, comprenant 700 pages de texte et 100 gravures hors texte.

Au lieu de 250 fr. . . . . **100** fr.

THÉATRE

DE

MOLIÈRE

Beaux volumes ornés des dessins de Louis Leloir, gravés à l'eau forte,
par L. FLAMENG.

Chaque tome au lieu de 30 fr., net. . . . . **5** fr.

Tome VI. — *L'Avare, M. de Pourceaugnac, les Amants magnifiques.*

Tome VII. — *Le Bourgeois gentilhomme, Psyché, les Fourberies de Scapin.*

Tome VIII. — *Les Femmes savantes, le Malade imaginaire, la Jalousie du Barbouillé, le Médecin volant.*

DICTIONNAIRE FRANÇAIS ILLUSTRÉ

ET

ENCYCLOPÉDIE UNIVERSELLE

PAR

DUPINEY DE VOREPIERRE

Pouvant tenir lieu de tous les vocabulaires et de toutes les encyclopédies. Comprenant la nomenclature complète de tous les mots usités dans le langage, les locutions, la synonymie, les verbes, etc., des articles sur les arts, les sciences et les belles lettres.

4 volumes in-4° brochés de 2704 pages de texte et environ 20.000 figures.
Au lieu de 80 fr. . . . . net **15 fr.**

COMMANDANT PICARD

L'ARMÉE EN FRANCE ET A L'ÉTRANGER

Constitution des effectifs. Les armées d'autrefois et d'aujourd'hui. Recrutement des cadres et de la troupe. Les lois française et étrangères. La qualité, le nombre et le tempérament militaire des soldats français et étrangers. La vie du soldat. Les généraux, officiers et sous-officiers. Napoléon Ier et de Moltke. Les écoles militaires. L'armement. Munitions. Combats d'infanterie. Artillerie. Cavalerie. Poudres. Canons, etc.

1 magnifique volume in-4° dans un riche cartonnage, illustré de nombreux dessins en noir et en couleurs de E. Chaperon.
Au lieu de 15 fr. . . . . net **10 fr.**
Exemplaire à l'état de neuf.

COMMANDANT ROUSSET

SCÈNES ET ÉPISODES

DE LA GUERRE 1870-71

Wissembourg, Frœschwiller, Forbach, Borny, Rezonville, Saint-Privat. Les places fortes, Beaumont, Sedan. Le siège de Metz, Paris. Les armées du Nord et de l'Est. Les marins. Les corps-francs.

1 vol. grand in-8 cartonné, gravures, net. . . . . **6 fr.**
Exemplaire en bon état.

OCCASION

JULES RICHARD

EN CAMPAGNE

Tableaux et dessins par A. de Neuville et E. Detaille.

Un magn. vol. in-fol., riche cart. av. plaq., ill. de plus de 150 dessins et 10 magn. planches; reproduction des types, uniformes, scènes et combats.
Au lieu de 25 fr. . . . . **12 fr.**

Soldes et Occasions

BARON HAUSSMANN

MÉMOIRES

La Restauration. Gouvernement de Juillet. République de 1848. Le coup d'État,
L'Empire. Les grands travaux de Paris.
3 volumes in-8 sur papier de Hollande.
Au lieu de 60 fr. . . . . net 18 fr.

LES FIDÈLES RONINS

Roman historique japonais, par Tamenaga-Shounsoui, traduit par Gausseron,
illustré par Kei-San-Vei-Sen, de Yedo.
Un volume in-8 de 370 pages de texte et 50 planches gravées par des artistes japonais.
Au lieu de 12 fr. . . . . net 4 fr.
Cet intéressant ouvrage décrit, de la manière la plus pittoresque les mœurs, les
coutumes et la vie intime du peuple japonais.

PROMENADES JAPONAISES

ET

TOKIO - NIKO

Par GUIMET et RÉGAMEY

2 vol. in-4° brochés, illustrés de 12 aquarelles d'après nature, reproduites en couleurs, contenant une gravure originale japonaise.
Au lieu de 50 fr. . . . . net. 15 fr. 50.

ALBUM-REIBER

BIBLIOTHÈQUE PORTATIVE DES ARTS ET DU DESSIN

1 vol. in-12 oblong cartonné, orné de 96 planches en couleurs d'après les dessins
de l'auteur.
Au lieu de 6 fr. . . . . net 1 fr. 75.

BRONGNIART ET RIOCREUX

DESCRIPTION MÉTHODIQUE

DU

MUSÉE CÉRAMIQUE DE SÈVRES

Excellent ouvrage comprenant 1 vol. in-4° de texte et 1 album in-4° de 78 planches,
représentant plus de 2.000 sujets.
Au lieu de 120 fr. . . . . net 18 fr.

OUVRAGES D'OCCASION

LITTÉRATURE, HISTOIRE, BEAUX-ARTS

910. **ALBERT LE GRAND. Les admirables secrets,** contenant plusieurs traités sur la conception des femmes, des vertus, des herbes, des pierres précieuses et des animaux. (Lyon Beringos, 1758). In-12, d. rel. v. fau. tête rouge. Net. . . . . **50 fr.**

Exemplaire non rogné, rare en cet état.

911. **Album** romantique, composé de six nouvelles, par Mme Jenny Bastide (Paris, Dupont, 1822). In-12, cart., n. rog., net. **5 fr.**

Tiré à 100 exemplaires.
Exemplaire sur papier teinté.

912. **Almanach des Spectacles,** 1876,d.-rel. amat. maroq. vert, n. rog., eaux-fortes, net. . . . . **5 fr.**

913. **Amérique.** Histoire des tremblements de terre arrivés à Lima, capitale du Pérou. et autres lieux, avec la description du Pérou (La Haye, 1751) In-12, veau, net. . . . . **5 fr.**

Cartes et figures, sur le titre les cachets de la bibliothèque du roi au Palais-Royal et du château d'Eu.

914. **ANCIEN MONITEUR.** (Réimpression de l') **Histoire de la Révolution Française** depuis la réunion des Etats-généraux jusqu'au consulat.32 vol. gr. in-8, dem.-rel. net. **80 fr.**

915. **Ancien théâtre françois** ou collection des ouvrages dramatiques les plus remarquables. (Paris, Jannet, 1854). 10 vol, in-16, cart. net. . . . . **40 fr.**

916. **Annuaire de l'Institut** pour 1831, net. **6 fr.**

Exemplaire contenant 94 pages manuscrites du marquis de Fortia, dont l'exbris se trouve sur le volume, résumant ses actes et ses votes à l'Académie des inscriptions et belles-lettres, depuis son élection le 17 décembre 1830 jusqu'au 5 janvier 1834.

917. **Arrêt** pour les chapeaux de castor 1634. Un paragraphe de leur histoire. (Paris, Académie des Bibliophiles, 1867), in-18, dem.-rel. tiré à 200 exempl. net. . . . . **3 fr.**

918. **BARBEY D'AUREVILLY. Memoranda,** préface par P. Bourget. (Paris, Rouveyre. 1883) in-12, br. couv. Port. à l'eau forte. Edition originale. Net . . . . **5 fr.**

919. **— Les ridicules du temps.** (Paris, Rouveyre 1883), in-8 dem.-rel. n. rog. net. **8 fr.**

Edition originale à laquelle on a ajouté une lettre autographe de l'auteur et un portrait.

920. **BARTHELEMY. Voyage du jeune Anacharsis en Grèce** (Paris, Didot, 1799). 7 vol. gr. in-4 et atlas, basane, filets, dos orné, net . . . . **40 fr.**

Superbe exemplaire.

921. **— Voyage d'Anacharsis,** 7 vol. Œuvres diverses, 2 vol. (Paris, 1823). Ens. 9 vol. in-8 et Atlas, dem. rel. net. . . . . . **16 fr.**

922. **— Voyage d'Anacharsis.** (Paris, 1822). 7 vol. in-8 et atlas, br. net . . . . . **10 fr.**

923. **BASSELIN (O) et J. LE HOUX. Vaux-de-Vire** suivis d'un choix d'anciennes chansons normandes. pub. par P. L. Jacob. (Paris, 1858). In-12, dem.-rel. chag. non rog. net. . . . . **6 fr.**

924. **BERT (Paul) La morale des Jésuites.** (Paris,Charpentier, 1880), in-12, br. net **4 fr.**

Exemplaire avec un envoi autographe de l'auteur.

925. **BEUST (Comte de),** ancien chancelier de l'Empire d'Autriche-Hongrie. **Mémoires (1809-1885)** (Paris, 1888). 2 vol. in-8, br., net. . . . . **4 fr.**

926. **BLANC (L.). Histoire de la Révolution Française.** 12 vol, in-8, dem.-rel. Net. **50 fr.**

927. **BOILEAU. Œuvres** diverses du sieur D***, avec le traité du sublime ou du merveilleux dans le discours (Amsterdam, Wolfgang, 1686). In-12. mar. brun jans. dent. int. tr. dor., net . . . . **12 fr.**

928. **BOURSAULT. Théâtre** (Paris, 1746). 3 vol. in-12, veau. Edition la plus complète. net. . . . . **7 fr.**

929. **BOSCH (Doctor Andreu).** Summari index Œpitome dels admirables, y nobilissims titols de honor de Cathalunya, Rossollo, y Cerdanya y de les gracies, privilegis, prerogatives, preheminencies, llibertats, è immunitats gosan segons les propries, y naturals lleys. **Ab Licencia,** 1628, in 4, dem.-rel. chag. net . . . . **20 fr.**

Rare.

930. **BOSSUET. Discours sur l'histoire universelle,** notice par Tissot. (Paris, Curmer), 2 vol. gr. in-8, dem.-rel. Figures et encadrements sur bois. Net . . . . **15 fr.**

931. **— Discours sur l'Histoire universelle.** (Paris, S. Marbre-Cramoisy, 1681). In-4, veau, net . . . . **12 fr.**

Edition originale.

932. **— Discours sur l'histoire universelle.** (Tours, Mame, 1870). Gr. in-8, br. Eaux-fortes, net. . . . . **8 fr.**

933. **BRANTOME. Œuvres complètes,** suivies des œuvres de A. de Bourdeilles, avec introduction et notes par Mérimée. (Paris, Jannet, 1858-1895). 13 vol. in-16, cart. Net. . . . . **50 fr.**

934. **BRUCKRI (Jacobi). Historia critica philosophiæ.** (Lipsiæ, 1766-67). 6 vol. in-4, dem.-rel., bas. net. . . . . **35 fr.**

Bel exemplaire d'un livre rare.

935. **Calligraphie.** Maîtres du XVIIIe siècle. Exemples autogr., quelques-uns signés de Bazin, Bernard, Guillaume-Montfort, Gauteron, Dubreuilh, Vignères, Saintomer, de Grailly père (dessin à la plume), sur papier et parchemin, en 1 vol. in-fol., cart., net. . . **20 fr.**

Recueil de pièces bien conservées,

936. **Cartulare** monasterii beatorum Petri et Pauli de Domina Cluniacensis ordinis gratiano politanæ diœcesis. (Publ. par le comte de Monteynard. Lugduni, Perrin, 1859). In-8, br. Figures, net. . . . . **10 fr.**

937. **Cassiodori** clarissimi senatoris romani doctissima et religiosissima psalterius Davi-

dici expositio. (Parisiis Johanis Petit, 1510). In-folio gothique à 2 colonnes, veau. Marque de J. Petit sur le titre et encadrement sur bois, net. . . . . 15 fr.

Manque les feuillets, XXI, CXXI, CXXIV.

938. Catalogue des livres de la bibliothèque du duc de La Vallière, rédigé par de Bure et van Praet (Paris, 1837). 3 vol. in-8, veau. Beau portrait, net . . . . 18 fr.

Bel exemplaire.
Le duc de La Vallière (1708-1780) possédait une magnifique bibliothèque, dont les volumes les plus précieux forment ce catalogue.
La vente produisit 464.077 livres. Dans le tome Ier, la table des prix, et, dans le tome III, la table des noms, celle des ouvrages anonymes et un supplément.

939. CELLIER. Scènes de l'histoire contemporaine, événements, anecdotes, souvenirs, personnages. (Paris, Ducrocq). gr. in-8, dem.-rel. Gravures. Net. . . . . . 7 fr.

940. CHASLES (Philarète). Virginie de Leyva ou intérieur d'un couvent de femmes en Italie au commencement du xviie siècle. (Paris, Poulet-Malassis, 1861). In-12 cart. rare. Port. à l'eau forte. Net . . . . . . 7 fr.

941 CHENNEVIÈRE (Marquis de). Les dessins de maîtres anciens exposés à l'école des Beaux-Arts en 1879 (Paris, Quantin, 1880). In,8, br., épuisé, 20 fr., net. . . . . 8 fr.

942. CLELAND (John). Mémoires de Fanny Hill, xviiie siècle, traduits de l'anglais par I. Liseux. (Paris, 1887). 1 vol in-8, br., papier de Hollande, net. . . . . 80 fr.

Edition spéciale tirée à 165 exemplaires.

943. COLONNA (Fr.) Le songe de Poliphile ou hypnérotomachie de frère Fr. Colonna, traduit par Cl. Popelin. (Paris, Liseux, 1880), 2 vol. en 10 cartons, in-8, 135 fr. . . 55 fr.

944. Contes à rire, et aventures plaisantes ou récréations françaises. (Paris, Belin, 1881), petit in-8, papier vergé, net. . . . . 6 fr.

945. Collection des auteurs Latins, publiés sous la direction de D. Nisard. Chaque volume dans une bonne demi reliure, net . . 10 fr.

Ammien Marcellin, Jornandès, Frontin, Modestus, Végèce. 1 vol.
Caton l'Ancien, Varon. Columelle, Palladius, 1 vol.
Celse, Vitruve, Censorin, Frontin, (Des Aqueducs de Rome, 1 vol.
Cicéron. Œuvres complètes, 5 vol.
Cornelius Nepos, Quinte Curce, Justin, Valère Maxime, Julius obsequens, 1 vol.
Horace, Juvenal, Perse, Tibulle, etc. 1 vol.
Lucain, Silius Italicus, Claudien. 1 vol.
Macrobe, Varon. de la langue latine, Pomponius Mela. 1 vol
Ovide. Œuvres. 1 vol.
Petrone, Apulée, Aulu-Gelle. 1 vol.
Plaute, Térence, Senèque. 1 vol.
Pline l'Ancien, 2 vol.
Quintillien, Pline le jeune. 1 vol.
Salluste, J César. Velleius Paterculus 1 vol.
Sénèque le philosophe. 1 vol.
Suétone, Eutrope, Rufus, les Ecrivains de l'histoire Auguste. 1 vol.
Tacite. Annales. 1 vol.
Tertullien. St Augustin. 1 vol.
Tite-Live. 2 vol.
Virgile. Lucrèce, Valerius, Flaccus. 1 vol.

948. COPPÉE (Fr.) L'Exilée, poésie. (Paris, Lemerre. 1877), in-4, dem.-rel., papier Whatman, net. . . . . 3 fr.

**949. CORBINELLI. Extraits de tous les beaux endroits des ouvrages des plus célèbres auteurs de ce temps (Amsterdam, Tholm, 1681). 4 tomes en 3 vol. in-8, veau, net. 8 fr.

Aux armes de Colbert de Croissi, évêque de Montpellier,

950. Correspondance ou défense fondamentale de Spectable Théodore Rilliet, contre l'ordonnance du conseil de Genève qui, sous le nom de sentence, le dégrade de son titre de citoyen, pour avoir témérairement et calomnieusement imputé à dame Ursule de Planta, sa femme, de lui avoir avoué qu'elle avait eu un enfant avant son mariage et qu'elle l'avait eu de son frère. Rendue sur une plainte en diffamation de ce même frère le baron de Planta, dans laquelle il ne s'agissait ni de cette dame Ursule de Planta ni de cette imputation (s. l., 1782). In-8, demi-rel. net. 10 fr.

951. CORROZET. Les Blasons domestiques, nouvelle édition publiée par la Société des bibliophiles français, préface par Paulin Paris (Paris, 1865) In-16, chagrin, tête dorée, non rogné (fig. sur bois), 15 fr., net. . . . 6 fr.

952. COUCY. Mémoires historiques sur Raoul de Coucy. (Paris, Pierres, 1781), 2 tomes en 1 vol. in-18, basane, manque les figures et la musique, net. . . . . 5 fr.

953. Cuisine. La cuisinière bourgeoise, suivie de l'office à l'usage de tous ceux qui se mêlent de dépenses de maisons, (Paris, Guillyn, 1764), 2 vol. in-12, veau, net. . . . . 7 fr.

954. DANGEAU. Abrégé des Mémoires ou journal du marquis de Dangeau, contenant beaucoup de particularités et d'anecdotes sur Louis XIV, sa cour, avec des notes de madame de Genlis. (Paris, Treuttel et Wurtz, 1817), 4 vol. in-8, dem.-rel., net. . . . . . 20 fr.

Très bel exemplaire d'un livre rare.

955. DAUDET (A.) Numa Roumestan, (Paris, Charpentier, 1881), in-12, br., couv., net. . . . . 7 fr.

Edition originale, exemplaire numéroté sur papier de Hollande.

956. DELALAIN. Inventaire des marques d'imprimeurs et de libraires de la collection du Cercle de la Librairie, (Paris, 1892). Gr. in-8, br. Fac-similé, 30 fr., net . . . 10 fr.

Le même (1887), 3 fasc. br., net. . 6 fr.

957. DELICADEO, La Lozana Andaluza (La gentille Andalouse), xvie siècle. Trad. par A. Bonneau, texte espagnol en regard (Paris, Liseux, 1888), 2 vol. in-8, br. Exempl. numéroté sur papier de Hollande, tiré à très petit nombre. Au lieu de 75 fr., net. 40 fr.

958. DELLEY DE BLANCMESNIL (Le comte de). Notice sur quelques anciens titres, suivie de considérations sur les salles des Croisades au musée du Versailles. 1 vol. in-8, broché, (Delaroque aîné, 1866), net. . . . . . 6 fr.

958 bis. DELORD (T.) Histoire du second empire. (Paris, Alcan), 6 vol. in-8, dem.-rel. chag., net. . . . . 30 fr.

959. DELVAU, Les Lions du jour, physionomies parisiennes (Paris, Dentu). In-12, demi-rel., n. rog., édition originale, net 4 fr.

960. DENAIS (Joseph). Les Poésies de Germain Colin Bucher ; Angevin, secrétaire du grand maître de Malte (Paris, Techener, 1890). in-8, demi-rel. chagrin, t. dor., n. rog., papier de Hollande, net. . . . . 8 fr.

961. **Dialogue** très élégant intitulé **le Pere-grin** traictant de l'honneste et pudicq amour concilié par pure et sincère vertu traduict de vulgaire Italien en langue Fracoyse par maistre Fracoys Daffy et corrigé oultre la première impression par Jehan Martin. (On les vend au palais à Paris en la boutique de Vincent Serte-nas. 1535.) pet. in-8. veau. Figure sur bois. *Rare*, net. . . . . 40 fr.

962. **Dictionnaire de la conversation et de la lecture** 16 vol. gr. in-8 dem.-rel. Au lieu de 256 fr. net. . . . . 65 fr.
Le même ouvrage, 16 vol., supplément 5 vol. Ensemble 21 vol. gr. in-8, demi-reliure neuve. Au lieu de 341 fr. net. . . . . 150 fr.
Ce dictionnaire, la plus complète. la plus actuelle des encyclopédies, où environ 100 000 articles comprenant l'universalité des sciences se trouvent alphabétiquement classés. est. on peut le dire. aux travaux de l'esprit, ce qu'un almanach d'adresses est aux besoins du commerce.

963. **DIDON** (L. P.). **Les Allemands** (Paris, Lévy, 1884). in-8. broché. couv. net . . 7 fr.
Édition originale avec un envoi autographe de l'auteur.

964. **DUFOUR** (l'Abbé V). **Collection des Anciennes descriptions de Paris**. avec introduction et notes, préface par P. L. Jacob. (Paris, Quantin,) 10 vol. pet. in-8 br, 99 fr. net. 40 fr.
J. de Bourges. Description des monuments de Paris au XVIIe siècle. — A. du Mont-Royal. Les Glorieuses antiquités de Paris 1678. — L'Abbé de Marolles. Description de Paris 1677 — M. de la Rouillet. Théâtre de Paris. — A Thvet. La grande et excellente cité de Paris 1574. — E. Cholet Remarques singulières de Paris 1614. — F. de Bellesforest. L'Ancienne et grande cité 1575. — Munster, Du Pinet. et Braun. Plant et pourtraict de la ville, Cité et Université de Paris. — Marana Lettres d'un Sicilien à un de ses amis. — D'avily. La Prévosté de Paris et de L'Isle de France.

965. **DUMAS fils** (Alexandre). **Théâtre complet** (Paris, Lévy, 1876). 6 vol. in-12, d -rel. ch. rouge, tête peigne, n. rog. Portrait et envoi d'auteur, signé, net. . . . . . 30 fr. »
On a joint à cet exemplaire une lettre de M. Alexandre Dumas fils, autorisant le théâtre des Bouffes du Nord à jouer *Monsieur Alphonse*, plus deux lettres signées.

966. — **Denise**, pièce en quatre actes. (Paris, Lévy, 1885). In-8. cart. n. rog. Couverture. *Edition* originale, net. . . . 7 fr.

967. — **Francillon**. Pièce en trois actes. Paris, Lévy, 1887), in-8. cart. n. rog. net. 7 fr.
Édition originale.

968. — **La question du divorce**. (Paris, Lévy. 1880), in-8. demi-rel. chag. net. 8 fr.
Exemplaire auquel on a ajouté une lettre autographe.

969. — **L'étrangère**, comédie en cinq actes (Paris. Lévy, 1877), in-8. cart. n. rog. net. 10 fr.
Édition originale avec un envoi autographe de l'auteur.

970. **DUMAS** (Alex.) **Le comte de Monte-Christo**, grand in-8 demi-reliure. Gravures, 18 fr. net . . . . 8 fr.

971. **ERASME. Apophthegmatum** ex optimis utriusque linguæ scriptorib (Parisiis Apud Joannem Ruellium, 1535). In-18. veau, tr. dorées et ciselées, reliure du temps, net. . 5 fr. »

972. **ESCANNO** (Ferdinando de). **Propugnaculum** Hierosolymitanum sive sacræ religionis militaris S. Joannis Hierosolymitanum militiæ regularis compendium opus historicum politicum. theologicum et juridicum sub auspiciis serenissimi principis, Joannis de Austria Hispali Apud Joannem Comez, 1664). Petit in-f°., v. gaufré, reliure du temps, le dos est fatigué. net. . . . . 12 fr. »
Bel exemplaire d'un livre rare sur les chevaliers de Saint-Jean de Jérusalem,

973. **Étrennes à la Noblesse** ou état actuel des familles nobles de France pour 1884. in-8. (*nombreux blasons*), br., 30 fr., net. 10 fr. »
Le même, pap. de Hollande, 40 fr, net, 12 fr.

974. **Faits d'armes de l'armée Française en Espagne** dédiés à l'armée des Pyrénées. (Paris, Cordier, 1824), in-fol. maroquin citron. filets. dos orné, tranches dorées dent. intér. Net. 35 fr.
Belle reliure aux armes du Duc d'Angoulème, commandant l'armée des Pyrénées.

975. **FLAUBERT** (Gustave) **Correspondance**. Troisième série 1854-1869. 1 vol. in-12 broch. Exemplaire numéroté sur papier du Japon, net. . . . . 12 fr.

976. **FLORIMOND DE REMOND. L'Anti-Christ et l'anti-papesse**. (Paris, Abel, L'Angelier, 1607), fort vol. pet. in-8. bas *Bel exemplaire*, net. . . . . 10 fr.

976 bis. **FOY** (Le général) **Discours**, précédés d'une notice par Tissot. (Paris, Moulardier, 1826. 2 vol. in-8, demi-reliure rare. *Portrait*. Net. . . . . 12 fr.

977 **GALIEN. Œuvres**, (Parisiis, Simonem Colinæum, 1528-1533). 8 vol. in-12, maroquin rouge, filets. (Rel. Ancienne). Net 30 fr.
De differentiis symptomatum — Primus facultatum naturalium substantias concernens. Secundus animi mores. corporis temperaturam sequi docens. Tertius proprior animi cuiuscunque affectum agnitionem et remedium indicans — De sectis ad medianæ candidatos opusculum — De motu musculorum libri duo, libellus ejusde authoris, cui titulus est : quos oportet purgare. et qualibus medicamentis purgantibus. — De tumoribus praeter naturam — De constitutione artis medicæ. — De naturalibus facultatibus. — Libri duo de de Semine.

978. **GAUTIER** (Théo). **Zigzags**, (Paris, Magen, 1845), in-8. dem-rel. net. . . . . 5 fr.
Édition originale.

979. **GEOFFROY** (Ch.). **Nouvelle Galerie des artistes** dramatiques vivants contenant 40 portraits en pied des principaux artistes de Paris (Paris, 1855). Gr. in-8. d.-rel., net. . 8 fr. »

980. **GERSON. De l'imitation de Jésus-Christ**, trad. d'après un manuscrit de 1440, par l'abbé Delaunay (Paris, Tross, 1869). In-8. br. Encadrements sur bois à chaque page, net. . . . . 7 fr »

981. **GONCOURT** (E. de). **La Faustin**. (Paris, Charpentier, 1882), in-12 dem-rel. n. rog. couv. *Edition originale*, net . . . . 7 fr.

982. — **La fille Elisa**. (Paris, Charpentier, 1877), in-12, dem-rel. n. rog. couv. *Edition originale*, net. . . . . 9 fr.

983. — **Sophie Arnould**, d'après sa correspondance et ses mémoires inédits (Paris, Dentu, 1877), in-8, br., net. . . . . 8 fr. »

984. **HIPPEAU. Le gouvernement de Normandie** aux xviie et xviiie siècle, d'après la correspondance des marquis de Beuvron et des ducs d'Harcourt, gouverneurs de la province (Caen, 1863). 3 vol. gr. in-8. cart., non rog. net. 7 fr.

985. **Histoire du père La Chaize**, jésuite et confesseur du roi Louis XIV (Bruxelles, 1884). 2 vol. in-8. br. Portr., 25 fr., net. . 8 fr. »

986. **Histoire de ce qui s'est passé à Thoulouze** à la fin du mois d'octobre 1632 en la mort de M. de Montmorency, précédée d'une notice sur le duc et la duchesse de Montmorency. (Toulouse, Abadie, 1859). In-12 demi rel. Portrait ajouté : Tiré à 300 exemp. net. 3 fr. 50
On a ajouté une pièce manuscrite intitulée : Relation du

procès du duc de Montmorency, extraite des mémoires manuscrits d'Et. de Malenfant greffier au parlement de Toulouse

987. Histoire du livre d'Alfred Delvau intitulé Heures Parisiennes, récit des persécutions et des taquineries administratives dont cet ouvrage fut l'objet (Paris, 1872), br. in-12. Rare. Net. . . . . 5 fr.

Le même avec le portrait d'Alfred Delvau. **Net.** . . . . 8 fr.

988. **Histoire universelle** des théâtres de toutes les nations depuis Thespis jusqu'à nos jours, par une société de gens de lettres (Coupé. Testu, Desfontaines et Lefucl de Méricourt, Paris, 1779), 12 vol. in-8 dem-rel. *Très jolies figures.* Net. . . . . 22 fr.

On croit que Fréron a eu part à cette curieuse collection. Les auteurs se sont égarés dans les détails des origines du théâtre en France, ils ont consacré plusieurs volumes à l'histoire de la chevalerie et des fêtes publiques.

989. HOUSSAYE (A.) **Les légendes de la jeunesse.** 1 vol. gr. in-8 demi-rel. Gravures. Net. . . . . 7 fr.
Épuisé.

990. HUERNE DE LA MOTHE. **Histoire nouvelle de Margot des pelotons** ou la galanterie naturelle (Genève, 1775). In-8. br. net. 4 fr.

992. HUGONE (Hermanno). **Pia desideria** (Antverpiæ, 1645). In-32, marq. r. tr. dor. dos orné filets dent. inter net . . . . 9 fr.

993. — **Pia desideria** (Mediolani Apud Baptistam Bidellium, 1634). In-18, d.-rel., net. . . . . 6 fr. »
Charmant volume, recherché pour les jolies vignettes qu'il renferme.

993. — **Intrigues monastiques** ou l'amour encapuchonné, nouvelles espagnoles, italiennes et françaises (La Haye, Jean van den Bergh, 1739). In-8., mar. rouge, filets, dentelles intérieures, tr. dor, rel. ancienne très fraîche, net. . . . . 10 fr. »

994. JACCOUD **Dictionnaire de médecine** 40 vol. in-8, br. Bon état, net. . . . 115 fr.
Le même demi-reliure, net. . . . 140 fr.

995. JANIN (J.) **Béranger et son temps.** (Paris, Pincebourde, 1866). 2 vol. in-12, br. *Frontispice avec portrait à l'eau forte par Staal,* net. . . . . 6 fr.

996. — **Le livre** (Paris, Plon 1870). In-8, br. *Epuisé Rare,* net. . . . . 10 fr.

997. JURIEU (Pierre). **Abrégé** de l'histoire du Concile de Trente (Amsterdam, Desbordes, 1683). 2 vol. in-18, veau. Planches. Bel exemplaire, net. . . . . 7 fr.

998. LA BRUYÈRE **Les Caractères ou les Mœurs de ce siècle,** précédés des caractères de Théophraste, traduits du grec, revus sur la neuvième édition originale de 1696 par Ch. Asselineau (Paris, Lemerre, 1871. 2 vol. in-8, demi-rel. amat. maroq. grenat, n. rogn. Portrait, net. . . . . 20 fr. »

999. LEGOUVÉ. **Le mérite des femmes.** poème. (Paris, an IX). — Le mérite des hommes poème par Angélique Rose Gaëtan. (Paris an IX.) — Les souvenirs, la sépulture et la mélancolie par Legouvé. (Paris, an VI.) — En 1 vol. in-18, veau fauve, jolie rel. dite à la cathédrale. *Figures,* net. . . . . . 5 fr.

1000. LE MAISTRE DE SACY. **Histoire de** l'Ancien et du Nouveau Testament, représentée par des figures, et des explications tirées de l'Ecriture sainte. (Paris, Curmer, 1835). gr. in-8, demi rel. net. . . . . . 8 fr.

1001. LERICHE (L.) **Les étapes de Gutenberg,** comédie en quatre actes avec chants pour jeunes gens. (Paris, Chacornac, 1890). In-4, veau, fers à froid, sur le plat du volume. la cathédrale de Strasbourg frappée en or. *Figures,* net. . . . . 7 fr.

1002. LIGNE (Prince de). **Œuvres précédées** d'une introduction, par A. Lacroix. (Bruxelles et Amsterdam, 1869). 4 vol. in-12, br. net. . . . . 10 fr.

1003. LUZAN (Don Ignacio de). **La Poetica,** o reglas de la poesia en général y de sus principaleses pecis. (En Zaragoza. Por Fr. Revilla, 1737). In-4, parchemin, net. 8 fr.

1004. MASILLON. **Œuvres** (Paris, Didot, 1877). 2 vol. in-8°. d.-rel. chag. Portrait, net . . . . 9 fr.

1005. MAGNY. **Les Odes d'Olivier de Magny** de Cahors en Quercy (Lyon, Scheuring, 1876). In-12, d.-rel., amat., mar., Laval., dos orné, tête dor., non rogn,, net. . . . . 20 fr. »
Belle impression de L. Perrin, à Lyon.

1006. MANFREDI Libro intitolato Il Perche. Tradotto di latino in italiano dell' eccellente medico e astrologo Manfredi, con mostrar le cagioni d'infinite cose appartenente alla sanita con la dichiaratione delle virtu d'alcune herbe (Venitia, appresso i guerra, 1607). In-12, veau, net. . . . . 7 fr. »

1007. **Manuscrit.** Extraits de la correspondance de Voltaire, de tout ce qu'il a écrit sur la France, les Français, de Paris, par le P. Didon, net. . . . . net 10 fr.
Manuscrit autographe de 10 pages in-fol.

1008. MARCO DE SAINT HILAIRE. **Souvenirs** du temps de l'Empire. (Paris, Gennequin 1860). 6 vol. in-8 br., net . . . 10 fr.

1009. MARSOLIER (J). **Histoire** de l'inquisition et de son origine. (Cologne, P. Mateau, 1697). In-12, v. net. . . . . . . 4 fr.
Coupure sur le titre.

1010. MAUPASSANT (Guy de). **Mont-Oriol.** (Paris, Havard, 1887, in-12, br. couverture. Edition originale, cachet sur la couverture, net. . . . . 6 fr.

1011. **Médailles** sur les principaux événements du règne de Louis le Grand, avec des explications historiques. Paris, 1702. Pet. in-fol. veau. 286 planches., net. . . 15 fr.

1012. MAYNARD (L'abbé). **La Sainte Vierge** (Paris, Didot, 1877). Gr. in-8. br. Pl 50 fr., net . . . . 25 fr. »
Tiré à 300 exemplaires sur papier à la forme.

1013. **Mélanges,** 20 pièces en 1 vol. In-8, d.-rel. net. . . . . 10 fr.

Conjectures sur les livres qui passeront à la postérité par Metral 1818. — Discours de L. Bonaparte pour la fête de la République le 1er vendémiaire an IX — Histoire de la famille Mouton de Tournai par Dumortier 1842. — Mémoire touchant l'origine des Ducs et des Pairs 1819 — Notice sur la vie de Millin par Dacier 1821, — Notice sur la vie de Goldsmith par A. Montemont. — Notice sur J.-J. Rousseau. —

Description d'un sceau d'or de Louis XII par Millin 1814. — Le jeu d'Esmorhée, drame du xiiie siècle traduit par Serrure. — Observation sur la ville d'Uxellodunum 1822. — Notice sur H. Grégoire par Lavaud 1819. — Reiffenberg Ruines et souvenirs 1832 — Description du Cholera-Morbus qui a régné dans les communes de Charentou et de Saint Maurice en 1832 par Ramon 1883. — Remède contre la rage par Touchard 1831. — De la fièvre jaune de ses ravages par Barthélemy 1821. — Mémoire sur le magnétisme animal par Foissac 1825 etc.

1014. Mémoires de Madame Mallefille 39 pages, in-8º, lithographiées, net. . . . **6 fr.**

Très rare, intéressante brochure. L'auteur était fixée à l'île Maurice en 1819 elle se trouvait sur la goélette anglaise, appelée les Six Sœurs qui fit naufrage en faisant la traversée des Seychelles à Maurice.

1015. Mémoires secrets et inédits de la comtesse Du Barry, sur les cours de France aux 15, 16, 17 et 18e siècles. (Paris, 1834). 2 vol. in-8º, br. *Rare* net. . . . . . . **12 fr.**

1016. MERAY (Antony). **La Vie au temps des cours d'amour,** croyances, usages et mœurs intimes des xie. xiie et xiiie siècles, d'après les chroniques, gestes, jeux, partis et fabliaux. (Paris, Claudin, 1876). Petit in-8º. d.-rel., amateur, mar. orange, dos orné, n, rogn., net. . . . . **12 fr.** »

1017. METTERNICH. Mémoires, documents et écrits divers, 1773-1859 publiés par son fils, (Paris, Plon, 1880). 8 vol. in-8º, br. net 55 fr.

1018. MEURSH (Joannis) Elegantiæ latinæ sermonis seu Aloisia sigæa toletana de arcanis amoris et veneris. (Lugd. Batavorum, ex typis Elzevirianis 1774). 2 vol. in-18, veau, filets. tr. dorées. *Bel exemplaire,* net 25 fr.

1019. MICHAUD. Biographie universelle ancienne et moderne. (Paris, Mme Desplaces). 45 vol. gr. in-8º, brochés, net . . . **85 fr.**

Exemplaire de la dernière édition, complètement refondue.

1020. MICHEL (F) et E. FOURNIER. **Histoire des Hôtelleries,** cabarets, hôtels garnis, restaurants et cafés, et des anciennes communautés et confréries d'hôteliers, de marchands de vins, de restaurateurs, de limonadiers, etc. etc., *Paris. Seré,* 1851, 2 vol. gr. in-8º, fig. et pl. sur bois, br. net. 12 fr.

1021. MORTIMER-TERNAUX. Histoire de la terreur. (Paris-Lévy). 7 vol. in-8º, d.-rel. chag. net. . . . . **50 fr.**

1022. PALLAVICINO (Ferrante). **La Pudicitia** in Villafrança. (Hollande, 1673). In-18, dem.-rel. net. . . . . **8 fr.** »

Très rare exemplaire, grand de marges.

1023 PARIS. Les curiosités de Paris, réimprimées d'après l'édition de 1726 (Paris, Quantin, 1883). Grand in-8º, br. Fig. 25., net. . . . . **12 fr.** »

1024. PARNY. Œuvres. Paris, Debray, 1808, 5 vol. in-18, br. net. . . . . **12 fr.**

Cet exemplaire contient : La Guerre des Dieux.

1025. — Œuvres choisies. (Paris, Dupont, 1827). 3 vol. in-18, veau, dos orné, ornements à froid, tr. dorées. *Figures, bel exemplaire* net . . . . **10 fr.**

1026. PEIGNOT (Gabriel). **Histoire d'Hélène Gillet ou relation d'un événement extraordinaire et tragique survenu à Dijon dans le** xviie siècle, etc. (Dijon, Lagier, 1829). Plaquette in-8º, d.-rel. chag., net. . . **10 tr.** »

Très rare.

1027. QUERARD Les Supercheries littéraires dévoilées, seconde édition augmentée, publiée par G. Brunet et P. Jannet (Paris,

Daffis, 1869). 3 vol. gr. in-8º, d.-rel. chag. Bon exemplaire, net. . . . . . . **30 fr.**

1028. RABELAIS. Œuvres, accompagnées d'une notice sur sa vie et ses ouvrages et d'un glossaire par Marty-Laveaux. (Paris, Lemerre, 1868). 4 vol. in-8º, demi-rel. chag. net . . . . **25 fr.**

1029. RECLUS. La Terre, description des phénomènes de la vie du globe, (Paris, Hachette, 1868-69, 2 vol. gr. in-8º, fig. et cartes, demi-rel. chag. *Rel. non uniforme*), net. **25 fr.**

Tome I — Les Continents — Tome II. — L'Océan, L'Atmosphère. La Vie.

1030. REGNIER (Mathurin). **Œuvres complètes,** accompagnées d'une notice biographique et bibliographique, de variantes, de notes, d'un glossaire et d'un index par E. Courbet (Paris, Lemerre, 1875). In-8º, d.-rel. mar. grenat, n. rogn., net . . . . . . **10 fr.** »

1031. Reinereri Neuhusi Poemata omnia, tam priora, quam posteriora, sive Thalia Alemariana, nova et novissima, unà cum Poematibus Juvenilibus. (Amstelodami, Janssonio Waesbergiana, 1678, 2 tom. en 1 vol, petit in-12, maroquin vert, dos orné, fil., tr. dor. (*Reliure ancienne*), net. . . . . . . **6 fr.**

1032. Rettorica (La). della puttane compostaialli precetti di Cipriano (Villafrança, à la Sphère, 1673). Pet. in-12, mar. r., dent. int. tr. dor., non rogné, rare en cet état (Thibaron). net . . . . **30 fr.** »

Belle édition de ce singulier ouvrage.

1033 RICCOBONI (Mme). **Œuvres complètes** (Paris Desray, 1790). 8 vol., in-8º, veau, net. . . . . **15 fr.** »

1034. ROCHON (l'Abbé). **Voyage à Madagascar et aux Indes orientales** (Paris, Prault, 1791). In-8º, cart., net. . . . . . . **5 fr.** »

1035. ROCHER. La province chinoise du Yün-Nan. (Paris-Leroux, 1879). 2 vol. in-8º, br. net. . . . . **9 fr.**

1036. ROQUEFORT (J. B). **Glossaire de la langue Romane,** contenant l'étymologie et la signification des mots usités du xie au xvie siècle. (Paris, Warée 1808). 2 vol. in-8º, demi-rel. net. . . . . **20 fr.**

1037. ROUSSEAU (J.-J. **Œuvres complètes,** avec des notes historiques. (Paris-Didot, 1876). 4 vol. gr. in-8º, br. Gravures. *Edition épuisée,* 40 fr. net. . . . . **24 fr.**

1038. — Du contrat social ou principes du droit politique (Amsterdam, 1762). In-12, veau, net. . . . . **8 fr.** »

Edition originale. Rare.

1839. ROUVEYRE. Miscelanées bibliographiques, publ. avec la collaboration de MM. Alkan. P. Blanchemain, Brunet, Champfleury, P. Lacroix. J. Le Petit O. Uzanne etc. (Paris; Rouveyre, 1879). 3 vol. in-8º, br. net. . . . . **9 fr.**

1040. SAINT-ALBIN (A. de). **Les Salles d'armes de Paris** (Paris, Glady, 1875). Gr. in-8º, br. portraits, 30 fr. net. . . . **10 fr.**

1041. Saint-Lambert. Œuvres. (Paris, Didot l'aîné, 1795). 2 vol. in-12, maroq. rouge, dos et plats orn. dent. int., tr. dor. net 10 fr.

Bel exemplaire dans une reliure ancienne très fraiche.

1042. SAUNIER. Traité d'horlogerie moderne, théorique et pratique (Paris, 1890, 1

fort vol. in-8° de texte et 1 vol. de planches. Ens. 2 vol. br. 36 fr. net . . . . . 22 fr.

1043. SIMLER (Josias). **La République des Suisses,** contenant le gouvernement de Suisse, l'estat public des treize cantons, les conditions de toutes leurs alliances, leurs batailles, victoires, conquêtes, etc., depuis l'empereur Raoul de Habsbourg jusques à Charles-Quint. 4° édition revue par G. Cartier, s. l., 1598. In-12, dem.-rel, net. . . . 7 fr. »

1044. SIMLER. (Josias). **Narratio de ortu,** vita, et obitu rev. Henrici Bullingeri, inserta mentione præcipuarum rerum quæ in ecclesiis Helvetiæ contigerunt, et appendice eddita, qua postrema responsio Jacobi Andreæ, item oratio funebris, auctore E. Joanne Guilielmo Stukio (Tiguri, 1575). In-8°, cart. Fig. sur bois sur le titre, net. . . . . 7 fr. »

1045. SOULARY (Joséphin). **Promenade autour d'un tiroir..** (Lyon, 1887,). In-8°, br. net . . . . 10 fr. »

Edition originale exemplaire, sur papier de Hollande avec le portrait de l'auteur avant et avec lettre.

1046. SPERONI. **Dialogi di messer Speron Sperone.** (In Venegia, Aldus, 1542). In-12, parchemin, net. . . . . 4 fr. »

1047. SPONTONI. **La Metoposcopia,** overo commensuratione trattato del signor Ciro Spontoni (Venetia, 1642). In-12, veau. *Rare.* Figure sur bois, net. . . . . 8 fr. »

1048. STEHLICH. (F.) **Les moines,** comédie satirique, publ. d'après un man. du XIIIᵉ siècle. (Rouen, Lemonnyer, 1880). In-12, cart. n, rogn. net . . . . 3 fr.

1049. TAGEREAU (Vincent). **Discours de l'impuissance de l'homme et de la femme,** réimprimé sur l'édition de 1612. (Paris, Liseux, 1887). pet. in-8°, net. . . . . . 20 fr.

1050). TAVERNIER (Adolphe). **L'art du duel.** Préface par Aurélien Scholl (Paris, 1885). 1 vol. in-8° sur japon, avec la double suite des gravures en noir et en bistre. Tiré à 500 exemplaires, n° 47. Eaux-fortes de Géry, Richard, Courtry, H. Lefort, Milles. Illustrations de Blanchon, Stevens, Willette, Gervex, Gœneute, etc. *Epuisé,* 60 fr. net . . . . 20 fr. »

1051. TAVERNIER (J.-B). **Nouvelle relation de l'intérieur du sérail du grand seigneur,** contenant plusieurs singularitez qui jusqu'icy n'ont point esté mises en lumière. (Paris, Clouzier, 1675). In-4°, mar. rouge, jans., dent. intr., tr. d. net . . . . . 35 fr. »

Joli portrait, titre gravé et belle planche.

1052. THIERS (J.-B., curé de Champrond). **Histoire des perruques** où l'on fait voir leur origine, leur usage, leur forme. l'abus et l'irrégularité de celles des ecclésiastiques (Avignon, Chambeau, 1779). In-12, v. fauve net . . . . 25 fr. »

Bel exemplaire d'un livre rare et bien conservé, dans une bonne reliure de Petit, successeur de Simier.

1053. TRICOTEL (E.). **Variétés bibliographi-ques** (Paris, Gay, 1863), In-12, d.-rel. amateur, maroq. Laval,,dos orné, non rogné, net . . . . 12 fr. »

1054. ULENBERGIO (Casparo). **Historia de vita, moribus, rebus gestis, studiis ac denique morte prædicantium Lutheranorum, Philippi Melanchthonis, Mathiæ Flacci illyrici Georgi Maioris, et Andrea osiandri. Coloniæ Agrippinæ. 1622). In-12. parch. Ornements à froid, fermoirs, net. . . . . 5 fr. »

1055. Victoires, conquêtes, désastres, revers et guerres civiles des Français de 1792 à 1815, par une société de militaires et de gens de lettres. (Paris, Panckoucke, 1817. 14 vol. in-8°, demi-rel. net. . . . . . . 75 fr.

Intéressant ouvrage, contenant de nombreuses cartes, plans et fac-similés d'autographes.

1056. WAHLEN. **Histoire, costumes, décorations de tous les ordres, de chevalerie et marques d'honneur.** (Bruxelles, 1844). Gr. in-8°, chagrin plein, net. . . . . 20 fr.

Très bel ouvrage orné de 80 planches en couleurs représentant plus de 540 décorations.

BONNES OCCASIONS

OUVRAGES ILLUSTRÉS

(Quelques exemplaires seulement).

La Belle Armurière ou **Un Siège de Bayonne au moyen-âge** par P. Dive et Duceré. Splendide ouvrage illustré de jolies gravures en noir et en couleurs exécutées sous la direction de G. Hurtrel. Un magnifique volume riche reliure d'amateur. Au lieu de 70 fr., net . . . . 15 fr.

Les Après-Soupers, par l'auteur de trois dizains de Contes Gaulois. Illustrations de Henriot. Un charmant volume, jolie reliure d'amateur. Au lieu de 20 fr. net . . . . 10 fr.

Exemplaire numéroté.

Les Bijoux des Neuf Sœurs, illustrations de Cartazzo. Elégant volume, très bien illustré, charmante reliure d'amateur. Au lieu de 20 fr., net . . . . 10 fr.

Exemplaire numéroté

COLLECTIONS ET JOURNAUX

(Port à la charge du destinataire)

Ces ouvrages étant vendus avec un rabais considérable, il nous est impossible vu leur poids, de les expédier *franco*.

1057. Annales politiques et littéraires 1891 à 1895. 5 années en livraison net . **10**
Excellente occasion chaque année vaut 6 fr.

1058. BOURGERY et JACOB. Traité complet de l'anatomie de l'homme, comprenant la médecine opératoire, avec planches lithographiées d'après nature. 8 énormes vol. in-fol., 740 pl., figures noires, bonne d.-rel Au lieu de 500 fr. . . . **125 fr.** »
Exemplaire en bon état.

1059, BUFFON. Histoire naturelle. Quadrupèdes, 12 vol. Oiseaux, 10 vol. Minéraux, 5 vol. (Paris, Imp. Royale). Ensemble 26 vol. in-4°, veau, très bonne reliure, net . . . . **40** »
Quantité de belles planches.

1060 Cabinet des Fées (L.) Ou collection choisie des contes des fées et autres contes merveilleux (Amsterdam et Paris 1785-1789) 41 vol. in-8° veau marbré dos orné. Bel exemplaire net. . . . . **60 fr.**
Illustré de 117 figures de Marillier en très belles épreuves.

1061. Correspondant. (Le) Juillet 1881 à 1892) 40 vol in-8° demi rel. veau et livraisons au lieu de 420 fr. net. . . . . **50 fr.**
Intéressante suite, occasion exceptionnelle.

1062. Encyclopédie moderne dictionnaire abrégé des sciences, des lettres et des arts publ. sous la direction de L. Renier 27 vol. de texte et 3 vol. de planches. Ens. 30 vol. in-8° broch. net. . . . . **35 fr.**

Le même ouvrage demi-reliure net. **45 fr.**

1063. Gazette rose illustrée. (La) Revue des salons et de la mode dirigée par Mme. la vicomtesse de Renneville. Année 1884 1 vol. in-folio relié, illustré de quantité de gravures de modes en noir et en couleur. Au lieu de 24 fr. l'année net. **6 fr.**

1064. HOEFER. Nouvelle biographie générale, depuis les temps les plus reculés, jusqu'à nos jours, contenant près de 100 000 notices. (Paris. Didot.) 46 vol. in-8° broché 184 fr. net . . . . . **45 fr.**

1065. LACÉPÈDE. Histoire naturelle des poissons, des cétacées, des quadrupèdes ovipares et des serpents (Paris, 1788-1798). 8 vol. in-4°, veau, net . . . . . **20 fr.** »
Ouvrage intéressant pour les quantités de planches qu'il renferme.
Exemplaire en très bon état.

1066. LE SAGE. Œuvres choisies. (Paris, Leblanc, 1810). 16 vol. in-8°. demi-rel. veau rou. Figures de Marillier net. **15 fr.**

1067. L'Illustrateur des dames, la mode de Paris et le journal des soirées de famille. Années, 1861, 1862, 1863, 1864, 1865, 1866, décembre 1866 à septembre 1867 1 vol. — octobre 1867 à septembre 1868 1 vol. — octobre 1868 à septembre 1869 1 vol. — octobre 1869 à juillet 1870 1 vol. — Chaque année forme un magnifique vol. in-folio relié et contient une quantité de patrons et de gravures en noir et en couleurs. L'année net. . . . . **6 fr. 50**

1068 Modes (Les) de la saison, journal illustré de la famille. Années 1879, 1880, 1881, 1882, chaque année en 1 vol. relié contient une quantité de patrons et de costumes coloriés. Au lieu de 24 fr. l'année net. . . . . **6 fr.**

1069. Monde Illustré (Le) Années 1857, 1858, 1859, 1860, 1864, 1865, 1866, 1875. Chaque année en 2 vol. in-4° cart. net **4 fr.**

1070 Moniteur de la mode. (L.) journal du grand monde années 1885, 1886, 1887. Chaque année un beau volume in-fol. très bien relié contenant une quantité de gravures, de costumes coloriés. Au lieu de 26 fr. net. . . . . **6 fr.**

1071. Nouvelle Revue. Origine 1879 à juin 1887. 44 vol. in-8° demi-rel. et livraisons. Au lieu de 450 fr. net. . . . . **35 fr.**
Très bonne occasion, tous ces volumes sont en parfait état.

1072. PRÉVOST. (l'Abbé). Œuvres choisies. (Paris, Leblanc, 1819 39 vol. in-8°, reliés *Figures de Marillier.* net. **50 fr.**

1073. Revue des Deux-Mondes 1888, 1889, 1890, 1891. Chaque année en livraisons au lieu de 50 fr. net . . . . **7 fr.**
1887, 1888, 1889, 1890, 1891, 1892, 1893, Chaque année en 6 vol. demi-rel. bon état. Au lieu de 50 fr. net. . . . . **10 fr.**
Bonnes occasions.

1074. Revue de la mode, gazette de la famille. Années 1872, 1877, 1878. Chaque année 1 vol. relié contenant une quantité de patrons et de gravures coloriés. Au lieu de 28 fr. l'année net. . . . . . . **6 fr.**

1075. Revue de France. 1873 à 1880, 44 vol. in-8°. demi-rel veau net. . . **30 fr.**
Occasion exceptionnelle, suite intéressante contenant revue des événement, nouvelles, romans, notes de voyage, études politiques et littéraires.

1076. Revue politique et littéraire *Revue Bleue*, Années 1872, 1873, 1874, 1875, 1876, 1877, 1878, 1879, 1880, 1881, 1882, 1883, 1884, 1885. Chaque année reliée en 2 vol. demi-rel. très bon état au lieu de 25 fr. net . . . . **5 fr.**
1883, 1884, 1890, 1891, 1892, 1893, en livraisons. net. . . . . **3 fr. 50**
Très bonne occasion intéressante revue, contenant des articles rédigés par les meilleurs écrivains.

1077. Revue scientifique *Revue Rose.* Années 1871, 1872, 1874, 1875, 1876, 1877, 1878, 1879, 1880, 1881, 1882, 1883, 1884, 1885, 1888, 1889, 1891, Chaque année en livraisons ou demi-rel. Au lieu de 25 fr. net. . . . . **4 fr. 50**
Ce journal un des mieux rédigés de son genre donne d'intéressants articles sur la vie scientifique au jour le jour, le compte rendu des réunions scientifiques, des causeries bibliographiques.

OUVRAGES ILLUSTRÉS

1078. ABOUT. Tolla, 1 beau vol. in-4°, illustré de 10 pl. hors texte, gravées sur bois d'après de Myrbach, d'un portrait de l'auteur d'après P. Baudry, et de 35 ornements par A. Giraldon. Exempl. numéroté sur papier vélin avec deux suites de planches hors texte. Au lieu de 80 fr., net . . . . 60 fr.

1079. — Trente et Quarante. (Paris Hachette, 1891.) gr. in-8°. br. net. . . . . . . 30 fr.
Un beau volume illustré de jolis dessins de Vogel, et ornements de H. Giraldon gravés à l'eau forte et au burin par Verdoux, Ducourtioux et Huillard.

1080. Album de la Marmite (Paris, Baschet, 1880). Gr. in-8°, chag. rouge, n. rog. net . . . . 7 fr. »
Nombreuses planches, reproduction des tableaux de Boetzel, Berne-Bellecour, L. Couturier, Frappa, Guillaumet, L. Loir, etc.

1081. — Ambert. Esquisses histor. des différents corps qui composent l'armée française. Dessinés par Ch. Aubry. Paris. 1835. In-fol., demi-rel. Lithographies coloriées. net 60 fr.

1082. AMMAM (Jost). Nappen et Stammbuch. (Munich, 1881), in-8°, cart. net . . . 6 fr.
Réimpression de l'édition de Franckfort 1589 contenant 150 fig. sur bois.

1083. Aucassin et Nicolette, chantefable du XIIe siècle, traduit par A. Bida, revision du texte original et préface par G. Paris (Paris, Hachette, 1878). Gr. in-8, pap. de Chine, br., net . . . . 30 fr.

1084. BALZAC. Les contes drôlatiques, colligez ez abbayes de Touraine, 5e édition (Paris. Société générale de librairie, 1855. Petit in-8°, demi-rel. chag., net . 20 fr. »
Premier tirage des illustrations de Gustave Doré.

Le même Garnier 1 vol. in-8°. demi-rel. net . . . . 8 fr. 50

1085. BEAUMARCHAIS. Œuvres complètes, édition augmentée de quatre pièces de théâtre et de divers documents inédits, introduction par E. Fournier (Paris, Laplace, 1876). Gr. in-8° en feuilles, portrait, net. . . 10 fr. »
Exemplaire sur papier de Hollande avec une double suite des gravures en noir et en couleurs.

1086. BEAUVOIR (Cte de). Voyage autour du Monde. Australie — Java — Siam — Canton — Pékin — Yeddo — San Francisco. (Paris, Plon, 1875), gr. in-8. demi-rel. *Nombreuses gravures.* 26 fr. net. . . . 12 fr.

1087. BENARD. Eloge de l'enfer, ouvrage critique, historique et moral. (La Haye Gosse, 1759). 2 vol. in-12, demi-rel. mar. rou. tête dor. n. rog. net. . . . . 12 fr.
Illustré de 15 figures de Sibelius.

1088. BERANGER. Œuvres. (Paris, Perrotin, 1860, 9 vol. in-8. demi-rel. chag. net 50 fr.
Edition illustrée par Charlet, Johannot, Jacques, Pauquet, Raffet.
Chansons 3 vol. Correspondance 4 vol. Musique 1 vol. Ma biographie.

— 1089. Œuvres complètes, édition unique revue par l'auteur, ornée de 104 vignettes dessinées par les plus célèbres peintres (Paris, Perrotin. 1834). 4 vol. in-8, demi-rel. net 18 fr.

1091. BERNARD (T). La Lisette de Béranger

Souvenirs intimes (Paris, Mme Bachelin 1864), in-18, cart. n. rog. Port. à l'eau fort net 4 fr.

1092. BERTALL. La comédie de notre temps, études au crayon et à la plume. (Paris, Plon, 1874.) 2 vol. gr. in-8. demi-rel. chag. tête dor. n. rog. net . . . . 25 fr.

1093. La Vie hors de chez soi. L'Hiver — le Printemps — l'Eté — l'Automne, études au crayon et à la plume (Paris, Plon, 1876). Gr. in-8, br., 20 fr., net . . . . 10 fr.
Le même demi-chag. tr. dor. net 12 fr.

1093 *bis*. — La Vigne. (Paris, Plon). Gr. in-8 br. Epuisé. Net. . . . . 16 fr.
Premier tirage.

1094. Biographie (La) et prosopographie des rois de France (Paris, 1582). In-12, veau, net. . . . . 6 fr.
Bel exemplaire d'un ouvrage contenant 80 portraits sur bois ; le titre est refait avec l'ancien encadrement.

1095. BOCCACE. Les Dix Journées. *Paris, Jouaust*, 1873, 4 tomes en 10 vol. in-8. br., net . . . . 125 fr.
Splendide édition ornée d'eaux-fortes de Flameng. Un des plus beaux et plus rares ouvrages publiés par la librairie des Bibliophiles, tirage en grand papier de Hollande, exemplaire numéroté.

1096. — Le Décaméron, trad. par A. Barbier (Paris, 1846). Gr. in-8, demi-rel. chag., net. . . . . 15 fr.
Illustrations et vignettes de T. Johannot, Baron, C. Nanteuil, Grandville etc.

1097. — Nouvelles, traduction par Mirabeau, contenant la vie de Boccace, des contes que La Fontaine a empruntés de cet auteur, et ornées de figures gravées sous la direction de Ponce, d'après les dessins de Marillier (Paris, Marchand, 1803). 8 vol. in-18, demi-rel. net. . . . . 10 fr.
Il manque 3 figures.

1098. BOILEAU-DESPREAUX. Œuvres poétiques, introductions et notes par F. Brunetière. Magnifique vol. in-4, illustré de 27 eaux-fortes d'après Mme Madeleine Lemaire, Bida, Bonnat, Cabanel, Chapu, Delort, F. Flameng, Grôme, J.-P. Laurens, Le Blant, L.-O. Merson, Vibert. Broché. Au lieu de 125 fr. net 70 fr.

1099. BOISARD. Fables, seconde édition, s. l. (Paris, 1777). 2 vol. in-8, veau, filets, dos orné, net. . . . . 15 fr.
Exemplaire grand de marges, illustré de 2 fleurons sur les titres. 9 figures et 2 culs-de-lampe par Monnet, gravés par Saint-Aubin et E. Schmitz.

1100. BOITEL. Lyon ancien et moderne. (Lyon, 1843). 2 vol. in-8. br. net. . 12 fr.
Eaux-fortes et vignettes sur bois par Leymarie.

1101. BONIVARD (François). Advis et Devis de la source de l'idolatrie et tyrannie papale, par quelle practique et finesse les papes sont en si haut degré montez (Genève, chez J. Fick, 1856). In-8. d.-rel., mar. rou., coins, tête dor., n. rog., net . . . . 12 fr.
Portraits sur bois.

1102. BORDS DU RHIN (Les). Voyage pittoresque de sa source à son embouchure, lithographiés par Jacottet d'après les dessins de Chapuy. (Paris, Delarue). s.d. in-4. oblong, demi-rel. *60 planches.* net . . . . 25 fr.

1103. Borel (Petrus). Champavert, contes immoraux par Petrus Borel le Lycanthrope, avec frontispice à l'eau forte de Adrien Aubry. (Bruxelles, J. Blanche, 1872). in-8, br. n. rog.) couverture. net . . . . 10 fr.

1104. — **Madame Putiphar**, seconde édition, conforme à l'édition de 1839, préface par J. Claretie. (Paris, Willem, 1872). 2 vol. in-8, demi-rel. chag., net. . . . . 12 fr.

1105. BOUCHOT (Henri). **Les Femmes de Brantôme** (Paris, Quantin, 1890). In-4, br., 20 fr., net. . . . . 10 fr.
Illustré de 30 planches hors texte en phototypie et de nombreuses vignettes dans le texte reproduites d'après les originaux.

1106. BRUANT (Aristide). **Le Mirliton**, 100 premiers numéros, dessins de Steinlen, très rare, net . . . . 40 fr.

1107. BUFFON. **Œuvres complètes**, avec la nomenclature linnéenne et la classification de Cuvier, nouvelle édition annotée par Flourens. (Paris, Garnier). 12 vol. gr. in-8. Bonne reliure de bibliothèque 234 fr. net. . 130 fr.
Quantité de gravures en couleurs.

1108. CABROL. **La première absence**, lettres en vers, avril à octobre 185* (Paris, 1872). In-8, demi-rel. amat., maroq. bleu, n. rog., net . . . . 12 fr.
Illustré de 12 eaux-fortes d'après d'Hurcelles, épreuves avant lettre, exemplaire numéroté.

1109. **Campagnes des Français sous le Consulat et l'Empire**, album de 52 batailles et 100 portraits, dont celui de Napoléon, collection de 60 planches, dite Carle Vernet. (Paris, s. d.) in-fol. cart. net . . . . . . 20 fr.

1110. CAREL (A.) **Les brasseries à femmes de Paris.** Illustrations de F. Fau. (Paris, Monnier, 1884). broché in-12, très rare. net 4 fr.

1111. CASTIL BLAZE. **La Danse et les ballets depuis Bacchus jusqu'à Mademoiselle Taglioni** (Paris, Paulin, 1832). In-12, d.-rel. chag. bleu, tr., peig., net . . . . 12 fr.
Bel exemplaire d'un livre rare avec un frontispice facétieux.

1112. CAZOTTE (J). **Œuvres badines et morales historiques et philosophiques** (Paris, Bastien, 1817. 4 vol. in-8, demi-rel. Figures avant lettre. net. . . . . 15 fr.

1113. CELLARIUS. **La Danse des Salons**, (Paris, 1849). 1 vol. gr. in-8. d.-rel. maroq. vert, tête dorée, net . . . . 10 fr.
Dessins de Gavarni.

1114. CERVANTES. **Don Quichotte de la Manche**, trad. par L. Viardot, avec les dessins de G. Doré. (Paris, Hachette, 1863), 2 vol. in-fol. cart. net. . . . . 100 fr.
Très bel exemplaire du premier tirage.

1115. **Don Quichotte**, traduit par Bouchon Dubournial (Paris, Méquignon-Marois 1822). 4 vol. in-8, d.-rel. chag. vert. Papier vélin, net . . . . 60 fr.
Exemplaire contenant la suite des figures de Grandville, sur Chine, premier tirage avant lettre ; la suite de Blanchard en trois états, avec lettre et eau-forte pure, et la suite de Chasselat sur Chine avant toute lettre.

1116. — **Don Quichotte** (Paris, Jouvet 1867). 2 tomes en 1 vol. in-8, d.-rel. chag. Figures, net . . . . 10 fr.

1117. — **Rinconète et Cortadillo**, nouvelle traduction et notes de L. Viardot (Paris, Laurette, 1891). Gr. in-8, br., 30 fr. net 18 fr.
Exemplaire numéroté sur papier vélin blanc, illustré de 77 compositions par H. Atalaya.

1118. CHABOUILLET. Description des an-

tiquités et objets d'art, composant le cabinet de M. L., Fould (Paris, Claye, 1861). In-fol., cart., n. rog., net . . . . 20 fr.
Quantité de planches ; tiré à 300 exemplaires numérotés.

1119. CHAMPFLEURY. **Contes choisis** (Paris, Quantin, 1889). In-8, cart., tête dor. n. rog., net . . . . 15 fr.
Édition de grand luxe, illustrée de 3 eaux-fortes, de nombreux dessins et d'un portrait de Champfleury tiré en taille-douce.

1120. — **Les Vignettes romantiques**, histoire de la littérature et de l'art, 1825-1840 (Paris, Dentu, 1883). Gr. in-8, br. 50 fr. net 22 fr. »
150 vignettes par Nanteuil, T. Johannot, Devéria, J. Gigoux, etc.

Le même, d.-rel. chag. . . . . 25 fr. »

1121. CHARLET. **Napoléon et la Garde impériale.** In-fol., demi-rel., chag. vert, 35 lithographies, net . . . . 70 fr. »

1122. CHATEAUBRIAND. **Œuvres.** 20 vol. Mémoires d'outre-tombe, 12 vol. Ensemble 32 vol. gr. in-8, brochés. (Paris, 1857-1860). net . . . . 70 fr. »
Édition ornée de plus de 100 gravures.

1123. **Chasse Illustrée (La).** Journal des chasseurs et de la vie à la campagne, publié sous la direction de E. Bellecroix. (Paris, Didot. 1re année 1867 à 1893), 26 vol. in-fol. cart. net . . . . 225 fr. »
Intéressante collection, contenant des récits de chasses, de pêches, de voyages, des études sur l'acclimatation, la pisciculture, l'histoire naturelle, etc. Magnifiques gravures. Exemplaire en très bon état.

1124. CHAUMETON, POIRET et RAMBERT. **Flore médicale**, peinte par Mme Poiret et Turpin. 6 vol. — Iconographie végétale où organisation des végétaux illustrée par Turpin, texte par Richard. 1 vol. (Paris, Panckoucke, 1833-1841). Ensemble 7 vol. in-8, demi-rel. chag. net. . . . . 100 fr. »

1125. CHENIER (André). **Poésies**, publiées avec une introduction par Becq de Fouquières (Paris, Charpentier, 1888). In-4, en feuilles, sur japon, net. . . . . 300 fr. »
Illustré de 15 magnifiques compositions à l'eau-forte par Bida. Publié à 500 fr.

1126. — **Œuvres poétiques** précédées d'une étude sur l'auteur, par Sainte-Beuve (Paris, Garnier). Gr. in-8, d.-rel., chag. bleu, coins, tête dorée, n. rog. Gravures et portraits, net. . . . . 15 fr. »

1127. CHENU. **Encyclopédie d'histoire naturelle.** 21 vol. et 7 vol. de tables. Ens. 28 vol. brochés. Au lieu de 160 fr. net. . 75 fr. »
Intéressante publication, ornée de quantité de planches.

1128. CHEVIGNE. **Les Contes Rémois**, dessins de J. Worms, gravés à l'eau-forte par Rajon. 1 vol. in-16. *Librairie des Bibliophiles.* Net. . . . . 25 fr. »

Le même, demi-rel. amateur, chag. rouge, tête dor., n. rog., net. . . . . 50 fr. »
Édition épuisée et rare aujourd'hui, papier de Hollande.

1129. — **Les Contes Rémois**, dessins de Meissonier (Paris, Académie des bibliophiles, 1868). In-8, br., net. . . . . 20 fr. »

1129 bis. *Le même* (Paris Lévy 1861) in-8 broché. Net . . . . 25 fr.

1130. CLAVEL. **Histoire Pittoresque de la Franc-Maçonnerie et des sociétés secrètes anciennes et modernes**, (Paris, Pagnerre, 1843), gr. in-8, pl. sur acier, cart. bradel perc. brune, ébarbé. Net. . . . . 12 fr. »

1131. COLARDEAU. Lettre amoureuse d'Héloïse à Abailard ; traduction libre de Pope. (Paris, Duchesne, 1766), in-8, v. m., dos orné. . . . . 15 fr. »

On a relié dans le même volume : 1° Lettre du Comte de Comminges à sa mère, suivie d'une lettre de Philomèle à Progné par Dorat (Paris. Jarry, 1764). 2° Lettre de Barnevelt, dans sa prison, à Truman, par Dorat. (Paris, Jarry, 1763). 3° Lettre de Zéïla, jeune sauvage, à Valcour, officier français, par Dorat. (Paris, Jarry, 1764). — 4° Réponse de Valcour à Zéïla par Dorat. (Paris, Jarry, 1766). — 5° Lettre de Valcour à son père, pour servir de suite et de fin au roman de Zéïla, par Dorat. (Paris Jarry, 1767).
Frontisp., figures, vignettes et culs-de-lampe par Eisen, grav. par Massard, etc.

1132. CORNEILLE. Théâtre avec les commentaires de Voltaire. (Paris, Bossange, 1797), 12 vol. in-8, bas. jolies figures, net. 25 fr. »

1133. — Polyeucte martyr, (Tours, Mame 1889), in-folio, br. au lieu de 100 fr. net. 35 fr.

Splendide édition, d'une exécution parfaite, comme gravures et impression.

1134. CREBILLON. Œuvres complètes. (Paris, 1785). 3 vol. in-8, veau, marb. filets, tr. dor. net. . . . . 20 fr. »

Très bel exemplaire, orné de 1 portrait, et 9 figures de Marillier.

1135. Dance Macabre (La), composée par maistre Jehan Gerson, 1425. (Paris. Willem 1875), in-4 cart. n. rog. *Figures sur bois.* net. . . . . 4 fr. »

1136. DAUDET (Alphonse). Tartarin sur les Alpes, illustré par Aranda, de Beaumont, Montenard, de Myrbach, Rossi, (Paris, 1886). In-12, rel. en velin tête dor., n. rog. net. 30 fr.

Exemplaire numéroté sur papier du Japon.

1137. — Port-Tarascon, dernières aventures de Tartarin édition illustrée par Bieler, Montégut, Montenard, Myrbach, Rossi, 1 vol in-12 rel. en velin tête dor., n. rogné, net. 30 fr. »

Exemplaire numéroté sur papier du Japon.

1138. DELILLE (J.). Œuvres (Paris. Michaud). 16 vol. in-8, demi-reliure gravures. net. . . . . 15 fr. »

Poésies fugitives. — Les géorgiques. — L'Enéide. — Les jardins. — L'homme des champs. — L'Imagination. — Les trois règnes. — Les amours des plantes. — Malheur et pitié. — La conversation. — Paradis perdu.

1139. — Les jardins ou l'art d'embellir les paysages. (Paris, Valade, 1782), in-8 veau. Orné de une vignette et un frontispice de Cochin. Net. . . . . 7 fr. »

1140. — L'homme des champs, ou les Géorgiques françoises, (Paris, Levrault, Schoell et Cie, 1805), gr. in-8, fig., demi-rel. mar. or., dos orné, n. rog. net . . 8 fr. »

1 frontispice, 4 figures et 8 vignettes par Catel, gravés par Buchorn, Guttenberg, Halderwang et Mayer.

1141. DELVAU. Françoise, chapitre inédit de l'histoire des quatre sergents de la Rochelle, avec une eau-forte de E. Thérond. (Paris, Faure 1865, in-18, demi-rel. chag. *Edition originale.* Net. . . . . 6 fr. »

1142. — Henry Murger et la Bohême (Paris, Mme Bachelin, 1866), in-18 cart. n. rog. Port. à l'eau forte net. . . . . . 4 fr. »

1143. DEMIDOFF (A. de) Voyage dans la Russie méridionale et la Crimée par la Hongrie, la Valachie et la Moldavie (Paris, Bourdin, 1854). Gr. in-8, demi-rel. chagrin, coins, net. . . . . 18 fr. »

Illustré par Raffet, de 27 planches tirées à part; quelques-unes coloriées.

1144. DESMARAIS. Jérémie, poème en quatre chants, avec sa prière et sa lettre aux captifs prêts à partir pour Babylone. Seconde édition, revue, corrigée, et augmentée d'une Epître latine de l'Auteur à Clément XIV., et de la Réponse du Souverain Pontife. A Ipres, chez Walwein, 1772), gr. in-8, fig., demi-rel. v. ant., net. . . . . 20 fr. »

Exemplaire à toutes marges, orné de 1 frontispice et 6 figures de Leclerc, gravées par Delvaux, Macret, Miger, Pépin et Saillard. Epreuves avant lettre.

1145. DEVAUX-MOUSK. Fleurs du persil. (Paris, Monnier, 1890), gr. in-8, br. couverture en satin, nombreuses illustrations et encadrements en or et en couleurs à chaque page. *Epuisé,* Net, ... 10 fr. »

1146. Le Diable à Paris. Paris et les Parisiens, à la plume et au crayon, par Gavarni-Grandville (Paris, Hetzel, 1868). 2 vol. gr. in-8, demi-rel. veau, raccommodages 15 fr. »

1508 dessins, dont 600 grandes scènes et 908 dessins de Grandville, Bertall, Cham, Dantan, etc.

1147. DORAT. Les baisers précédé du mois de mai. (Rouen. Lemonnyer, 1880), gr. in-8 en feuilles dans un carton. *Fig. d'Eisen.* net. . . . . 70 fr. »

Exemplaire numéroté sur papier du Japon contenant un tirage à part des figures d'Eisen en bistre, bleu et sanguine en tout 138 pièces.

1147 bis. Le même, papier de Hollande, 1 vol. in-8, br. 40, net . . . . 25 fr.

1148. DORAT. La Déclamation théâtrale, poème didactique en quatre chants, précédé et suivi de quelques morceaux de prose (Paris, Delalain, 1771). Petit in-8, demi-rel. chag., tête dor., non rog. *Rare en cet état.* Net. 18 fr.

1 frontispice et 4 jolies figures d'Eisen, gravées par de Ghendt.

1149. DRUMONT (Edouard). Les Fêtes nationales à Paris (Paris, Baschet. 1879). In fol. en feuilles dans un emboîtage, 100 fr., net . . . . 25 fr.

Superbes planches de reproductions des principaux faits historiques, depuis le XIVe siècle jusqu'à nos jours. Exemplaire sur papier de Hollande.

1150. DUCROS (Emmanuel). En chemin de fer, triolets dits par M. Mounet-Sully (Paris, Baschet, in-folio dans un portefeuille en satin, 25 fr., net. . . . . 12 fr.

Compositions en couleurs de Ch. Daux.

1151. DU FOUILLOUX. La Vénerie de Jacques du Fouilloux, seigneur dudit lieu, gentilhomme du pays de Gastine en Poictou, par lui jadis dédiée au roy Charles neuviesme (Paris, chez Abel l'Angelier, 1606). In-8, mar. rouge, filets, dos orné, dent. int., tr. dor. net. . . . . 245 fr.

Superbe exemplaire suivi de la Chasse du loup, de la fauconnerie de Jean de Franchières, grand-prieur d'Aquitaine. Paris, Abel l'Angelier, 1607, et de celle de messire Arteloche de Alagona, seigneur de Maurueques, conseiller et chambellan du roy en Sicile.
Nombreuses figures sur bois.

1152. DRIOUX (l'Abbé). Les fêtes Chrétiennes. (Paris, 1880), gr. in-8 reliure plaque, tr. dorées. 40 fr. net. . . . . . . 18 fr.

Magnifique ouvrage orné de 4 chromolithographies, 31 gravures sur acier tirées en bistre, et 40 compositions hors texte, tirées en couleurs.

1153. DULAURENS (l'Abbé). Le Compère Mathieu ou les bigarrures de l'esprit humain (Paris, Pâtris, 1796), 3 vol. in-8, demi-rel., mar. citron, tête dor., n. rogné, net. 70 fr.

Exemplaire contenant en plus des 9 figures de l'édition, la

suite des 12 figures de l'édition de 1796, avec la figure dite de : l'Escalier.

1154. DUPUIS. Réveil et Baillon, flore médicale usuelle et industrielle du XIXᵉ siècle, donnant la description, la culture, la composition chimique, les propriétés curatives ou dangereuses, les usages économiques et industriels des plantes (Paris, Levasseur, s. d.). Texte 3 v. Atlas de planches coloriées, 3 vol. ; ensemble, 6 vol. gr. in-8, cart. Bel exemplaire, 300 fr., net. . . . . **140 fr.**

1155. DUMAS (fils). **La Dame aux camélias,** préface par J. Janin. (Paris, Quantin, s. d.). in-4, demi-rel. amat. net. . . . . . **65 fr.**

Édition épuisée, illustrations de A. Lynch.

1156. DUMONT d'URVILLE. Voyage pittoresque autour du monde, résumé général des voyages de découvertes. (Paris, Furne, 1842), 4 vol. gr. in-8, demi-rel. *Illustré de nombreuses gravures et cartes.* net. **20 fr.**

1157. EMERY (Henry). **La vie végétale, histoire des plantes.** (Paris, Hachette, 1878), gr. in-8, cart. tr. dorées, net. . . . . . **18 fr.**

Ouvrage illustré de 420 gravures sur bois et 10 planches en chromolithographie.

1158. ERASME. Éloge de la Folie, trad. par Gueudeville (A. Leide, chez Vanderta, 1713). In-12, veau net. . . . . **12 fr.**

Orné de 75 figures dans le texte de 6 grandes planches pliées de Holbein, frontispice et portraits d'Erasme, de Morus et d'Holbein. · · · · · · ·

1159. — Éloge de la Folie, trad. Gueudeville, avec des notes par Meunier de Querlonl s. l. (Paris, 1751). In-12, veau, filets, be exemplaire, tr. dorées, net. . . . . **10 fr.**

Illustré de 1 frontispice, 1 fleuron sur le titre, 13 estampes, 1 vignette et 1 cul-de-lampe d'Eisen.

1160. Erotopægnion sive priapeia veterum et recentiorum parsaltera priapeia recentiorum (Lutetiæ Parisiorum, Patris, 1798). In-12, avec 2 curieuses figures dans le genre Spintrien, net. . . . . **30 fr.**

1161. FALAISE (Jean de). **Derniers contes,** (Paris, Poulet-Malassis, 1860). In-12 demi-rel. mar. vert, dos orné, n. rog., net. . . **12 fr.**

Épuisé et rare. Eau-forte de J. Buisson.

1162. FERTIAULT. Les amoureux du livre, sonnets d'un bibliophile, fantaisies, commandements du bibliophile, bibliophiliana, notes et anecdotes. (Paris, Claudin, 1877). in-8, br. *Eaux fortes,* 30 fr. net. . . . . . . **10 fr.**

1163. Feuilles volantes d'Abazia. (Paris, Ollendorff, 1887), gr. in-8, br. 20. net. **12 fr.**

Le texte et les dessins de ce livre sont de l'Archiduc Louis Salvator d'Autriche.

1164. FEYDEAU. Souvenirs d'une Cocodette écrits par elle-même (Leipzig, chez Landmann, 1878). In-8, frontispice et fig. mar. citron jans. dent. int. doré, en-tête, non rog. (Marius Michel.) net. . . . . **40 fr.**

Exemplaire sur papier de Chine : le frontispice et les 10 figures de Chauvet sont en deux états, sur chine avant la lettre, en noir et à la sanguine.

1165. FIGUIER (Louis). **Les nouvelles conquêtes de la science,** chaque partie séparément, 1 vol. gr. in-8 demi-rel. avec gravures. Au lieu de 30 fr. net. . . . . **12 fr.**

Isthmes et canaux. 1 vol.

Grands tunnels et railways. 1 vol.

L'Electricité. 1 vol.

1166. — Les mystères de la science d'autrefois. Devins et thaumaturges dans l'antiquité.

— **Les Epidémies démoniaques du moyen-âge et de la Renaissance. — Les possessions diaboliques au** xviiᵉ **siècle. — Les Diables de Loudun. — Les convulsionnaires Jansénistes. — Les prophètes protestants. — La baguette divinatoire.** 1 vol. gr. in-8 gravures. 30 fr. net. . . . . **12 fr.**

1167. FLAMEN. Livre d'Oyseaux, dédié à Mre Gilles Foucquet, gravés et dessignés au naturel par Albert Flamen. S. l. n. d in-8 obl., marcq. rouge, avec coins, tr. dor. 12 pl. avant les numéros, net. . . . . . . **12 fr.**

1168. FLORIAN. Œuvres. (Paris, 1799-1801), 16 vol. in-18, veau, fauve filets tr. dorées. net. . . . . **35 fr.**

Nouvelles 2 vol. — Numa Nompilius 2 vol. — Gonzalve de Cordoue 3 vol. — Théâtre 3 vol. — Fables, Eliezer et Nephtaly, Galatée, Estelle, mélanges et œuvres posthumes 6 vol. très bel exemplaire avec les figures de Queverdo.

1169. FOURNIER (Edouard). **Histoire des enseignes de Paris,** revue et publiée par le bibliophile Jacob (Paris, Dentu, 1884). In-8, d.-rel. amat., n. rog. Nomb. fig., net. **6 fr.**

1170. Français (Les) peints par eux-mêmes types et portraits humoristiques à la plume et au crayon, mœurs contemporaines par Balzac, J. Janin, F. Soulié, A. Karr, Ch. Nodier, etc. Illustrations de Meissonier, Daubigny, Charlet, T. Johannot, Français, etc. (Paris, Philippart, s. d.) 4 vol. gr. in-8. br , très propre, 65 fr., net. . . . . **30 fr.** »

1171. Galerie des femmes de GEORGE SAND, collection de 24 magnifiques portraits gravés sur acier par H. Robinson d'après les tableaux de Madame Gœfs, MM. Charpentier Lepaulle, Gros-Claude etc., texte par le bibliophile Jacob, illustré de vignettes par Francais, Nanteuil gravées par Chevin. (Paris Lacroix Verbœckhoven.) in-4. br. au lieu de 40 f. net 10 f.

1172. Galerie des femmes de WALTER-SCOTT. (Paris, 1839 in-8, chag. dos orné, ornements sur les plats, net. . . . . . **10 fr.**

Illustré de 42 jolis portraits de l'école Anglaise.

1173. GALIBERT (Léon). **Histoire de la République de Venise.** (Paris, Furne, 1847), gr. in-8, fig. demi-rel. mar., ch. violet, tr. jas. net . . . . **10 fr.**

1174. GALIBERT (L.) **L'Algérie Ancienne et Moderne** (Paris Furne. 1844.) gr. in-8. demi-rel. dos orné. Net. . . . . . . **25 fr.**

Ouvrage illustré de nombreux bois, gravés d'après Raffet. et de 37 planches tirées à part comprenant 24 vues diverses. 12 costumes militaires coloriés et une carte de l'Algérie.

1175. GANIER (H.). **Costumes des régiments** et des milices recrutés dans les anciennes provinces d'Alsace et de la Sarre, les républiques de Strasbourg et de Mulhouse, la principauté de Montbéliard et le duché de Lorraine, pendant les XVIIᵉ et XVIIIᵉ siècles (Épinal, Frœreisen, 1882). In-folio en feuilles. Planches en couleurs, 50 fr., net . . . . **22 fr.** »

1176. GANTEZ. L'Entretien des Musiciens, par le sieur Gantez, maistre de chapelle de Saint-Estienne d'Auxerre, publié d'après l'édition rarissime avec préface et notes par T. Thoinan (Paris, Claudin, 1878). In-12, mar. Laval., dos orné, filets, tr. dor., dent. inter., exemplaire sur papier de Chine avec un frontispice en quatre état, net. . . . **25 fr.**

1177. GAVARNI. Perles et Parures. Les Parures et les Joyaux fantaisie, texte par Méry, histoire de la mode et minéralogie des dames

par le comte Fœlix (Paris, de Gonet, s. d.)
2 vol. gr. in-8°, d.-rel. amateur. maroq. citron., dos orné, tranches ébarbées net.. 60 fr.

Planches sur papier vélin et finement coloriées ; les marges sont découpées en dentelles.

1178. GODEFROY. La Mission de Jeanne
d'Arc (Paris, 1878). Gr. in-8°, br. Portrait
d'après un manuscrit et nombreuses planches,
40 fr., net . . . . 18 fr. »

1179. GOETHE. Werther précédé de considérations sur Werther par P. Leroux (Paris,
Lecou et Hetzel) s. d. gr. in-8, demi-rel.,
net . . . . 15 fr.

Belle édition ornée de 10 eaux fortes avant lettre de T.
Johannot, dédicace sur le faux titre, préface par G. Sand.

1180. GOLDSMITH. Le Vicaire de Wake-
field, trad. par Ch. Nodier (Paris, s. d.) In-8°,
d.-rel. chag. Illustré par T. Johannot,
net . . . . 9 fr. »

1181. René Mauperin (Paris, Charpentier, 1884). In-8°, br., papier de Hollande.
50 fr., net . . . . 25 fr. »

Eaux-fortes de Tissot.

1182. GONET (Gabriel de). Tableau de la
Littérature frivole en France, depuis le
XIe siècle jusqu'à nos jours ou musée des
chansons et des poésies légères (Paris). In-
fol. br., 80 fr., net . . . . . . 40 fr. »

Illustré de 15 eaux-fortes spéciales pour cette édition.

1183. GRAFFIGNY (Mme). Lettre d'une
Péruvienne (Paris, de l'Imprimerie de Migne-
ret, 1797). Gr. in-8° maroq. olive, filets, dos
orné, dent. intér., tr. dor. net . . 100 fr. »

Magnifique reliure, exemplaire très grand de marges, illustré d'un portrait par Gaucher et 6 jolies figures dessinées
par Le Barbier.

1184. GUÉRIN (Léon). Histoire maritime
de France, avec 31 gravures, d'après les dessins de Gudin, Isabey, Tony Johannot, Raffet,
etc. (Paris, Abel Ledoux, 1893). 2 vol. gr.
in-8° d.-rel.. mar. bleu, tête dor., non rog.,
couvertures. net . . . . 20 fr.

1185. GUILLEMIN (A.) Le Monde physique.
La Météorologie. (Paris, Hachette, 1885. 1 vol.
gr. in-8. demi-rel. Nombr. grav. 20 fr.
net . . . . 12 fr.

— La Lumière 1 vol. gr. in-8, carton.
net . . . . 10 fr.

1186. GUINOT (Eugène). L'Eté à Bade. Illustré par Tony Johannot, Eug. Lami. Français et Daubigny. Paris, Bourdin, s. d.,
gr. in-8, demi-rel. coins, tête dor., non rogné,
couverture, net . . . . 10 fr.

1187. GUIZOT. L'histoire d'Angleterre ra-
contée à mes petits enfants (Paris Hachette,
1877), 2 vol. gr. in-8 reliure plaque, tr. dorées
net . . . . 24 fr.

Bel exemplaire, nombreuses gravures.

1188. HAVARD. La Hollande à vol d'oiseau.
(Paris 1881), gr. in-8, br. net . . . 40 fr.

Exemplaire réservé sur papier de Hollande, eaux-fortes et
fusains de M. Lalanne.

1189. HALEVY (Ludovic). Récits de guerre.
L'invasion de 1870-1871, dessins par L. Marchetti et Alfred Paris (Paris, Boussod, Vala-
don et Ce, s. d.). Gr. in-4°, d.-rel., mar.
rouge, dos et coins, tête dor., non rog. Epuisé
et rare, net . . . . 55 fr.

1190. Heptaméron des nouvelles de très
haute et très illustre princesse Marguerite
d'Angoulême, reine de Navarre, publié par

MM. Leroux de Lincy et A. de Montaiglon
(Paris, Eudes, 1880). 4 vol. in-8°, br. 200 fr.,
net . . . . 50 fr.

Exemplaire avec deux suites de gravures hors texte dont
une en noir papier teinté et la seconde en bistre sur papier
van Gelder.

1191. HILLEMACHER. Galerie historique
des portraits des comédiens de la troupe de
Molière, gravés à l'eau-forte sur des documents par F. Hillemacher, avec des détails
biographiques succints, relatifs à chacun d'eux
(Lyon, Scheuring. 1869). In-8° en feuilles
dans un emboîtage, net . . . . . 200 fr.

Exemplaire unique sur peau de vélin.

1192. HOLMES (Olivier-Wendel). La Dernière feuille, poème trad. par Gausseron.
1 beau vol. in-4°, cart., fers spéciaux, Au lieu
de 25 fr., net . . . . 8 fr.

Magnifique publication, remplie de belles illustrations de
G. Wharton Edwards et F. Hopkinson-Smith.

1193. HOUSSAYE. Poésies (Paris, Dentu,
s. d.). In-12, d.-rel. maroq. vert, dos orné,
filets, n. rog., eau-forte, net. . . 7 fr. 50

1194. Illustration (L'). Collection complète
de l'origine 1843 à 1894, 104 vol. in fol. dem.-
rel. Au lieu de 2600 fr. net . . . . 875 fr.

Très bonne collection de cet intéressant journal, un des
meilleurs illustrés. L'Illustration fait appel, pour sa partie
littéraire, aux plus éminents écrivains de notre temps et
compte parmi ses collaborateurs artistiques les dessinateurs
les plus réputés.

1195. Imitation de Jésus-Christ, traduction
de Lamennais (Paris, Gruel-Engelmann). In-4°
en feuilles dans un emboîtage . . . 250 fr.

Publié à 700 francs. Exemplaire neuf d'un ouvrage magnifique comme dessin et impression. Miniatures en or et en
couleurs, d'après les manuscrits du moyen âge.

1196. India (The campaign in), 1857-58, by
Atkinson. Londres, 1859. In-fol., cart. spécial, 26 lithographies, net . . . . . 30 fr.

1197. JANIN (J). La Normandie (Paris Bourdin), gr. in-8. demi-rel. net . . . . 12 fr.

Illustré par Gigoux, Daubigny, H. Bellangé etc.

1198. Rachel et la tragédie. Ouvrage orné
de dix photographies représentant Mlle Rachel
dans ses principaux rôles. Paris, Amyot,
1859, gr. in-8, dem.-rel. ch. vert, tr. dor.
net . . . . 15 fr.

Reliure de l'éditeur.

Le même broch. net . . . . 10 fr.

1199. — L'Été à Paris (Paris, Curmer).
1 vol. in-8, dem. rel. chag. Nombreuses
illustrations, net . . . . 7 fr.

1200. Jardin (le) des Plantes. Description
complète, historique et pittoresque du Muséum
d'histoire naturelle... par MM. P. Bernard,
L. Couilhac, Gervais et Emm. Lemaout. (Paris, Curmer, 1842-1843, 3 vol. gr. in-8, portr.
front. fig. et pl noires et coloriées, demi-rel.
dos orné, v. bleu, net . . . . 30 fr.

Exemplaire du premier tirage.
Le tome III, établi postérieurement, est formé de 150 planches montées sur onglets qui ont été détachées du texte.

1201. JULLIEN (A). La Nièvre à travers le
passé, topographie historique de ses principales villes. 1 magnifique vol. sur beau papier
vélin, 125 fr., net . . . . 50 fr.

Belle publication ornée de nombreuses planches à l'eau
forte, sur Hollande et hors texte.

1202. — L'Opéra secret au XVIIIe siècle,
aventures et intrigues secrètes racontées
d'après les papiers inédits conservés aux ar-
chives de l'Etat et de l'Opéra (Paris, Rou-

veyre, 1880). In-8, dem. rel. amat. maroquin vert, n. rog., épuisé, net . . . . . . 15 fr.
Frontispice et eaux-fortes de Marval.

1203. — La Ville et la Cour au xviiiᵉ siècle. Mozart. Marie-Antoinette. Les Philosophes (Paris, Rouveyre, 1881). In-8, dem.-rel. amateur, maroquin bleu, n. rog. Epuisé, net . . . . 15 fr.
Frontispice et eaux-fortes de Malval.

1204. LAFONTAINE. **Fables,** illustrations de Grandville. (Paris, Garnier, 1864), gr. in-8, dem.-rel. chag. Bon état, net. . . . 16 fr.

1205. — **Contes et Nouvelles** en vers, édition revue et augmentée d'une notice par A. de Montaiglon (Paris, Rouquette, 1883) 2 tomes en 5 parties, in-8, br., 250 fr. net.
50 fr.
Exemplaire numéroté sur papier de Chine, illustré de 71 compositions d'après les dessins originaux de Fragonard, Monet, Touzé et Mallet, et de 5 figures inédites de Milius, et 2 portraits, le tout en deux états avec et avant lettre et 67 fleurons, ensemble 207 gravures.

1206. — **Contes,** reproduction des chefs-d'œuvres du xviiiᵉ siècle. (Paris, Pilon), 1 vol. in-fol, en cartons, net. . . . . . . 25 fr.
Recueil de 33 photographies d'après les estampes de Wille, Boucher, Eisen. Lauret. Le Clère. Le Mesle, Lorrain, Paterre, Wenghels.

1207. — **Contes et Nouvelles,** édition illustrée par T. Johannot, Boulanger. J Lange, Français, etc. (Paris, Bourdin, s. d. 1839), gr. in-8, cart. non rogné, net. . . . 20 fr.
Edition ornée de 37 planches, de fleurons et de culs-de-lampe.

1208. — **Contes et Nouvelles** en vers (La Haye, Gosse. 1778), 2 vol. in-18, mar. grenat. dentelles intérieures, tr. dor. Portrait de La Fontaine . . . . 10 fr.

1209. **Dessins de Fragonard** pour les **Contes de La Fontaine,** gravés par Martial et destinés à orner l'édition de Didot, 1795 (Paris, Rouquette). 10 livr. en portefeuille. 250 fr., net . . . . 50 fr.
On a ajouté à cet exemplaire les portraits de La Fontaine et de Fragonard.

1210. — Suite de 40 planches pour illustrer les **Contes de La Fontaine,** réimpression des belles collections de gravures du xviiiᵉ siècle, compositions de Lancret, Pater, Eisen, Boucher, etc. Format in-4, gravées au burin par Depollier aîné.
Exemplaire Japon, 3ᵉ état avant la lettre, au lieu de 150 fr., net. . . . . 70 fr.
Exemplaire Japon, 4ᵉ état, planches avec lettres, au lieu de 100 fr., net. . . . 40 fr.
Exemplaire vergé noir, 3ᵉ état, avant la lettre, au lieu de 125 fr., net. . . . . . 50 fr.
Exemplaire vergé noir, avec lettre, au lieu de 80 fr., net. . . . . 32 fr.

1211. — Suite des gravures pour illustrer les **Contes et Nouvelles,** collection des Fermiers généraux (Paris, Lemonnyer, 1884), in-4 dans un carton. Collection de 85 planches sur Chine, net. . . . . 40 fr.

1212. LA MOTTE. **Fables nouvelles** (Paris, Dupuis, 1719). In-4, veau, net. . . . 40 fr.
Bon exemplaire, illustré de 1 fleuron, 1 frontispice et 100 vignettes de Coypel.

1213. LAUZUN (Duc de). **Mémoires 1747-1783,** publiés avec une notice sur l'auteur par L. Lacour, (Paris, Poulet-Malassis, 1858), in-12, br. *rare,* net . . . . 10 fr.

Le même publ. par G. d'Heylli, (Paris, 1880), pet. in-8, br. Epuisé, net. . . 8 fr.

1214. LAVATER. **L'art de connaître les hommes par la physionomie.** (Paris, 1806. 10 vol. in-8, basane, tr. dor., net. . . 60 fr.
Intéressant ouvrage orné de 500 gravures en noir et en sanguine. Piqures de vers au tome VIII, n'atteignant pas les gravures.

1215. — **Essays on Physionomy** calculated to extend the Knowledge and the Love of Mankind, translated from by the Rev. C. Moore (London, 1797), 2 tomes en 3 vol. in-8, d.-rel. chag. Curieux ouvrage contenant environ 200 grav., portraits, études de têtes, etc net 10 fr.

1216. LAZARILLE DE TORMÈS (Vie de). (Paris, Launette, 1886), in-8, br. *Epuisé.* net . . . . 18 fr.
Charmant ouvrage illustrations et eaux-fortes de M. Leloir.

1217. LE MAOUT. **Botanique organographie et taxonomie,** histoire naturelle des familles végétales et des principales espèces. (Paris, Curmer, 1852), gr. in-8, dem.-rel. net.
20 fr.
Très bel ouvrage bien illustré, contenant 30 planches de fleurs coloriées.

1218. **Le Sage.** Histoire de Gil Blas de Santillane. Vignettes par Jean Gigoux. (Paris, Paulin, 1835), gr. in-8, demi-rel. chag. net . . . . 30 fr.
Portrait de Gil Blas, sur Chine volant, gravé sur bois par Godard ; et dans le texte 300 vignettes gravées sur bois par Brévière, Godard, etc. Exemplaire de premier tirage, un des livres les mieux illustrés de cette époque.

1219. **Livre (Le)** des têtes de bois. (Paris, Charpentier 1883), gr. in-8. br. net. . 12 fr.
Édition ornée de 13 dessins et 16 eaux-fortes.

1220. LONGUS. **Daphnis et Chloé,** ou les pastorales de Longus, traduites du grec de J. Amyot (Paris, Leclère, 1863). In-8. maroq. citron, dos orné, filets, mosaïques, dent. int., tr. d'or, (David), net. . . . . 70 fr. »
Superbe exemplaire contenant :
1° La suite des figures de Eisen, gravées par Longueil en trois états, sur Chine, en *noir, bistre* et *sanguine* ;
2° La suite tirée à part des têtes de chapitres et culs-de-lampe également en trois états *noir, bistre* et *sanguine* ;
3° La suite de 1 portrait et 6 figures de Boilvin pour l'édition de Lemerre, 1872 ;
4° Une suite de 8 figures par Prudhon et Gérard, gravées par Massard et Roger. Édition de Didot, 1800, en quatre états, en noir sur Hollande, en noir sur Chine, en bistre et sanguine sur Chine. Ensemble 77 pièces,

1221. — **Daphnis et Chloé,** compositions de R. Collin, gravées a l'eau forte par Champollion préface de J. Claretie. (Paris, Launette 1890), in-8. br. 100 fr. net . . . . 65 fr.
Exemplaire numéroté.

1222. LOTI (Pierre). **Madame Chrysanthème** (Paris, Guillaume, 1888). In-12 br., couverture en soie, ornement doré sur le plat, dans un riche emboîtage sur lequel est frappé un motif de Falguière. *Edit. complètement épuisée,* net . . . . 45 fr. »

1223. LOUVET DE COUVRAY. **Les aventures du chevalier de Faublas,** précédés d'une notice sur l'auteur par Philipon de la Madeleine. (Paris, Mallet, 1842), 2 vol in-8 demi-rel. mar. rou. coins, tête dorée. n. rog. net. 30 fr.
Très belle édition, illustrée de 300 dessins de Baron, Français et Nanteuil.

1224. — **Les amours du chevalier de Faublas** (Paris, 1884). 4 vol. in-18. papier du Japon Figures avant lettre, net. . . . . . 15 fr. »

1225. — **Les amours du chevalier de Faublas.** (Bruxelles). 4 vol in-12. br. net. 12 fr.

1226. LUCRÈCE. **De la nature des choses,** tra-

ductionnouvelle avec texte en regard et des no-
par L. G. (Lagrange) (Paris, Bleuet, 1768), 2 vol.
in-8. veau marb. filets, tr. dor. *Bel exemplaire
orné de 1 frontispice et 6 figures de Gravelot.*
net. . . . . 20 fr.
Léger grattage sur le titre.

1227. LUIKEN (Jean). Het leerzaam huisraad
vertoom in viyftig figuuren (Amsteldam) in-12
parch. net. . . . . 8 fr.
50 figures représentant les plus diverses scènes d'intérieurs.

1228. — Spiegel san het menselyk bedryf
vertoonende honderd verscheidenam bachten.
(Amsteldam, J Roman de Jonge, 1749). In 12
parch, net. . . . . 15 fr.
Intéressant volume contenant 101 planches représentant les
métiers.

1229 Magasin Pittoresque. Origine 1831 à
1882. 50 volumes in-4 demi-reliure neuve. Au
lieu de 500 fr. net. . . . . . . 350 fr. »

1230 MAGEN (H.) Histoire du second empire. 1 vol. gr. in-8 cart. *Nombreuses gravures* net. . . . . 7 fr.

1231. MAGNY (Vte. de) La science du blason
accompagnée d'un armorial général des
familles nobles de l'Europe. (Paris, 1858) gr
in-8 demi-rel. *Nombreux blasons Rare*
net. . . . . 20 fr.

1232. MANGIN. Les jardins, histoire et description. (Tours, Mame, 1867), beau vol. in-4.
cart. toile 100 fr. net. . . . . 50 fr.
Bel ouvrage, nombreux dessins de Daubigny, Foulquier, Français, Giacomelli.

1233. MANNE (De) et MENETRIER. Galerie
historique de la Comédie-Française pour servir
de complément à la troupe de Talma, depuis le
commencement du siècle jusqu'à l'année 1853
(Lyon, Scheuring, 1876). In-8. demi-rel , mar.
v,, amat., dos orné, n. rog., épuisé, net 50 fr. »
Exemplaire sur papier de Hollande avec la double suite des
portraits gravés à l'eau-forte par M. Fugère, en noir et en
sanguine.

1234. MARCO de SAINT-HILAIRE. Histoire
populaire, anecdotique et pittoresque de Napoléon et de la Grande armée. (Paris, Kugel-
mann. 1843), gr. in-8. demi-rel. chag. bleu
tête dorée net. . . . . 25 fr.
Très belle édition illustrée par J. David.

1235. MARECHAL. Costumes civils de tous
les peuples (Guingamp, 1837) 5 vol. in 8. br.
Fig. noires, net. . . . . 10 fr.

1236 MARIUS (P.). Ronces et gratte-culs,
ornés de 25 gravures taille douce d'après
Willette, Gervex, H Somm. B. Lepage, H. Pille
Tiret-Bognet, préface de Ch. Monselet. (Paris,
1884), in-4. br. net. . . . . 8 fr.

1237. MENARD (R.). Fables choisies, tirées
des métamorphoses d'Ovide (Paris, Lévy, 1887).
2 vol. in-4. d.-rel. mar., coins, tête dorée non
rognée net. . . . . 70 fr.
Splendide publication ornée de 81 figures de B. Picart
d'après Le Brun, tirage spécial à 50 exemplaires numérotés.

1238 MENNECHET. Le Plutarque français,
Vies des hommes et des femmes illustres de
la France, depuis le cinquième siècle jusqu'à
nos jours. Avec leurs portraits en pied 2° édition publiée sous la direction de M. E. Hadot.
(Paris, Langlois et Leclercq. 1844-1847.) 6 vol.
gr. in-8. demi-rel. net. . . . . . . 45 fr.
Nombreux portraits grav. sur acier. Ouvrage rare.

1239. MICHELET (J.). Thérèse et Marianne,
souvenirs de jeunesse. Illustrations à l'eau-

forte de V. Foulquier (Paris, Conquet, 1891).
1 vol. in-16, net. . . . . 22 fr. »

1240 MICLOT. Vie de Sainte Catherine
d'Alexandrie, (Paris, Hurtel, 1881), gr. in-8.
cart. n. rog. 30 fr. net. . . . . . . 14 fr.
Très bel ouvrage, orné de compositions en or, en couleurs
et en noir, encadrements à chaque page, texte revu par
M. Sepet.

1241. MILTON. Le paradis perdu, trad. de
Chateaubriand, précédé d'une étude sur l'auteur par Lamartine. (Paris, Rigaud, 1863),
in-folio demi-rel. chag. net. . . . . 20 fr.
Très bel ouvrage orné de 25 estampes originales gravées
au burin.

1242. MOLIÈRE. Théâtre, splendide édition,
ornée de dessins de Leloir, gravés à l'eau-
forte par Flameng. 8 vol. in-8 *Librairie des
Bibliophiles.* Belle édition complètement
épuisée. net . . . . 240 fr. »
Le même, bonne reliure d'amateur, tête
dorée, non rogné, net. . . . . . . 275 fr. »

1243. — Œuvres, précédées d'une notice par
Sainte-Beuve. Vignettes par Tony Johannot.
(Paris, Paulin, 1835-1836). 2 vol. gr. in-8.
portr. et nombr. vign. sur bois, demi-rel. mar,
grenat avec coins, tête dor. ébarbé, net. 30 fr.
PREMIER TIRAGE
Exemplaire auquel on a ajouté la suite de 18 figures in-8.
par Horace Vernet, Desenne, Hersent, et A. Johannot, gravées
par Nargeot en épreuves sur CHINE, et une suite de 3 portraits
d'après Mignard et 31 figures d'après Moreau, de tirage moderne, en bistre sur CHINE VOLANT.

1244. — Œuvres, préc. d'une notice sur sa
vie et ses ouvrages, par Sainte-Beuve (Paris,
Paulin, 1835). Jolies illustrations de T. Johannot. 2 vol. in-8. demi.-rel. v., tr. marb.,
net . . . . . : : : . . . . 18 fr. »

1245. — MONTOLIEU (Bne. de). La Rose de
Jéricho, imité de l'allemand (Paris, Bertrand,
1819). In-12, cart., planches, net. . . 6 fr. »

1246. Musée élégant. Par Armengaud, J.
Janin, etc. Galeries publiques de l'Europe.
8 vol. in-4 cart. Au lieu de 400 fr. net. 70 fr.
Splendide publication illustrée de quantité de gravures.
La Révolution Française 2 vol. — La Russie 2 vol. —
L'Italie 1 vol. — Les Reines du Monde 1 vol. — Rome 1 vol.
— Florence 1 vol.

1247. MUSSET. (A. de). Nouvelles, édition
illustrée de 1 portrait gravé par Burney et de
5 compositions de F. Flameng, gravées par
Mordant, 10 vignettes, en-tête et culs-de-lampe,
par Cortazzo et gravés par Lucas. 1 vol. in-8.
sur papier vélin. Au lieu de 50 fr. net. 37 fr. 50

1248. — La Confession d'un enfant du siècle (Paris, Quantin, 1891). In-8. demi-rel. v.
fauve, tête d'or., coins, non rogné, 50 fr., »
net. . . . . 25 fr. »
Tirage spécial sur papier de Hollande, exemplaire numéroté,
illustré de 10 compositions de Jazet, gravées à l'eau-forte par
Abot.

1249. — Œuvres, ornées de dessins de Bida.
(Paris, Charpentier, 1867). gr. in-8. demi-rel.
net. . . . . 12 fr.

1250. MUSSET (A. de) et STAHL. Voyage
où il vous plaira. (Paris, Hetzel 1843), gr. in-8
demi-rel. net. . . . . 15 fr.
Très belle édition illustrée par T. Johannot, livre plein
d'originalité comme texte et comme gravures. Premier tirage.

1251. NADAUD. Contes, récits et scènes en
vers (Paris, 1877). In-8. maroq. bleu, filets, dos
orné, large dent. int , net. . . . . . 40 fr. »
Épuisé.
Illustré de 6 eaux-fortes. Ex. sur papier de Chine.

1252. **Napoléon Ier. Tableaux histor.** des campagnes d'Italie depuis l'an IV jusqu'à la bataille (de Marengo. Paris, Herban, 1806). **In-fol.** cart., vingt-quatre grav. d'après C. Vernet, beau portr. équestre de Napoléon Ier, plus ceux de l'empereur et de l'Impératrice, sur le titre du Sacre, net . . . . . . 60 fr.

1253. **Nature (La)**, revue illustrée des sciences. Origine 1873 à 1895, 23 volumes gr, in-8. demi-reliure neuve. Au lieu de 600 fr. net. . . . . 325 fr, »

La même collection origine 1873 à 1894, 23 vol. Tables de 1873 à 1893. 2 vol. Ensemble 24 volumes demi reliure net . . . 325 fr. »

1254. **NODIER (Ch.) et L. LURINE. Les Environs de Paris.** Paysage, histoire, mœurs, chroniques et traditions. (Paris, P. Boizard, s. d.,) gr. in-8. fig., demi-rel. mar. violet, tête d'or., non rogné, net. . . . . 10 fr.

1255. **Normandie illustrée (La)**, monuments. sites et costumes dessinés d'après par Benoist, les costumes dessinés par Lalaisse. (Nantes, Charpentier. 1852), 2 vol. in-folio, demi-rel. net. . . . . 100 fr. »
Très bel exemplaire.

1256. **OVIDE. Les Métamorphoses**, trad. par Villenave (Paris, Gay et Guestard, 1806). 4 vol. in-8. d.-rel. mar. vert, coins, tr. rouges, net. . . . . 100 fr.
Bel exemplaire d'un livre bien illustré, contenant 144 figures par Lebarbier, Monsiau et Moreau, gravées par Baquoy, Dambrun. Delvaux, de Ghendt, etc.

1257. **PAILLARD. Croquis Algériens** à l'eau. forte, 25 planches (Paris, 1893). In-fol. en portefeuille, 150 fr. net. . . . . 65 fr. »
Exemplaire numéroté sur papier de Hollande.

1258. **Paris à travers les âges.** Aspects successifs des monuments et quartiers historiques de Paris, depuis le XIIIe siècle jusqu'à nos jours, fidèlement restitués par M. F. Hoffbauer Texte par MM. Ed. Fournier, P. Lacroix, de Montaiglon, J. Cousin, etc. (Paris, Firmin-Didot, 1875-1882), 14 fasc. in-fol. en cartons, net . . . . 160 fr.

1259. **PARMES (Roger de). Le Directoire**, portefeuille d'un incroyable. préface par G. d'Heylli (Paris, Rouveyre, 1880). In-8°, d.-rel. amateur, maroquin bleu, dos orné, non rog. Epuisé, net. . . . . 12 fr
Compositions et dessins de J. Le Natur. gravés par L. Rouveyre. de Malval. Puyplat et Prunaire.

1260. **Parnassiculet (Le)** contemporain, recueil des vers nouveaux, précédé de l'*Hôtel du Dragon bleu*, et orné d'une étrange eauforte (Paris. Lemer, 1872). Plaq. in-12, br. *Rare.* Net . . . . 4 fr.

1261. **PELLICO (S.). Mes prisons** suivies du discours sur les devoirs des hommes, trad. par A. de Latour. (Paris Charpentier, 1843), gr. in-8 cart. net. . . . . 15 fr.
Edition illustrée par T. Johannot. Bel exemplaire de premier tirage dans son cartonnage primitif.

1262. **PERRY (C). Conchology**, or the natural history of Shells... by George Perry. *London*, *Miller*, 1811. gr. in-fol. pl. demi-rel. bas. r. non rog. net. . . . . 30 fr.
Ouvrage orné de 61 planches finement coloriées, reproduisant près de 400 coquillages. Bel exemplaire non rogné.

1263. **PEZAY (Mis. de). Zélis au bain**, poème en quatre chants, réimpression de l'édition de Genève, s. d. (Paris, Rouveyre, 1882). In-

8°, cart. jolies figures d'Eisein, exemplaire numéroté. 25 fr., net . . . . 12 fr.

1264. **POE (Edgar). Les Poèmes** (Bruxelles, Deman, 1888). Gr. in-8, cart., n. rog., net 12 fr.
Portrait et fleuron par Edouard Manet. Edition originale.

1265. **POISLE-DESGRANGES. Rouget-de-l'Isle et la Marseillaise.** (Paris Mme Bachelin 1864), in-18 cart. Port. à l'au forte net 3 fr. 50

1266. **PREVOST (l'abbé) Manon Lescaut** préface par A. Dumas fils (Paris, Glady 1875), gr. in-8. br. eaux-fortes avant lettre 100 net . . . . 50 fr.

1267. **Histoire de Manon Lescaut et du chevalier Des Grieux,** préface de A. Dumas. 1 vol. in-8, demi-rel. amateur, chag. lavallière n. rog. net. . . . . 45 fr.
Illustré de 6 charmantes eaux fortes de S. Hedouin.

1268. **Histoire de Manon Lescaut et du chevalier Des Grieux.** précédée d'une notice, par J. Janin (Paris, Bourdin, s. d.). Gr. in-8., d.-rel. ch. br. n. rogn., net . . . . . . 12 fr.
Illustrations par T. Johannot. Les planches hors texte sont sur chine et avant la lettre ; exemplaire du premier tirage.

1269. **Properce. Elégies**, traduites dans toute leur intégrité, avec des Notes interprétatives du texte et de la mythologie de l'auteur. Nouvelle édition augmentée par M. de Longchamps. (Paris, Duprat, Letellier et Cie 1802), 2 vol. in-8, fig., demi-rel, v. br., non rog. net. . . . . 15 fr.
5 figures par Marillier, gravées par Dambrun, Delvaux, Dupréal, Duval et Ponce.
Exemplaire sur papier vélin avec les figures *avant la lettre.*

1270. **QUATRELLES. A coups de fusil.** (Paris, Charpentier). Bonne reliure. Gr in-8, d.-rel. amateur, chag., n rog., net. . . 17 fr.
Bel ouvrage illustré de 30 dessins hors texte par A. de Neuville dont 12 au fusain et 18 à la plume, fleuron et culs-de-lampe.

1270 *bis*. Le même demi rel. amat. contenant les 2 planches supprimées par la censure, 2 gravures en double état sur Chine et un envoi autographe de l'auteur, net. 35 fr.

1271. **RABELAIS. Œuvres** contenant la vie de Gargantua et celle de Pantagruel augmentée de documents par P. L. Jacob (Paris, 1857), gr. in-8, dem.-rel net . . . . 20 fr.
Edition ornée d'une centaine de gravures de G. Doré, dont 15 grands sujets tirés à part. Rare.

1272. **RACINE (J.). Œuvres complètes**, précédées d'un essai sur sa vie et ses ouvrages (Paris, Garnier), gr. in-8. demi-rel. chag. *Gravures*, net. . . . . 10 fr.

1273. **Rapineïde (La)** ou l'Atelier, poème burlesco-comico-tragique en sept chants, par un ancien rapin des ateliers Gros et Girodet (Paris, Barraud, 1870). In-12, d.-rel., net 5 fr
Eaux fortes de H. Somm, dont 8 hors texte, avant lettre.

1274. **RECLUS. Géographie Universelle,** 19 vol. gr. in-8, dem. rel. 668 fr. net. 340 fr.
Excellente occasion exemplaire dans une reliure neuve, de bibliothèque.

1275. **RENOUARD (Paul). La Danse,** 20 dessins transposés en harmonies de couleurs (Paris, Gillot, 1892). In-fol. en portefeuille, 156 fr. net. . . . . 75 fr.
Bel ouvrage, tiré seulement à 275 exemplaires numérotés, sur papier de Chine, et ne devant pas être réimprimé, les planches ayant été détruites.

1276. **ROUSSEAU. De l'Imitation théâtrale.** Le théâtre (Paris, Didot 1801). In-8, d.-rel. v. fau., t. d'or., n. rog , net. 12 fr.
Figure de Moreau.

On a ajouté à cet exemplaire le portrait de d'Alembert par Saint-Aubin et 12 figures de Marillier et Deveria, épreuves avant lettre.

1277. SACHER MASOCH. Contes Juifs (Récits de famille). Magnifique volume in-4· de 300 pages, comprenant 100 dessins semés dans le texte ou formant pour chaque conte en-tête et cul-de-lampe, et 27 grandes compositions hors texte, reproduites en différents tons par la gravure en taille-douce. Broché, 30 francs, net . . . . 15 fr.

Le même exemplaire numéroté sur papier du Japon, gravures avant lettre 100 fr. net . . . . 40 fr.

1278. Sainte Bible (La) Traduction nouvelle avec les dessins de G. Doré. *Tours. Mame,* 1874, 2 vol. in-fol. cart. percaline net 120 fr.

1279. SAINT-LAMBERT. Les saisons, poème· (Paris, Didot, 1796), in-4, demi-rel. net 18 fr.
Édition ornée de 4 jolies figures de Chaudet.

1280. SAINT-AUBAN. Observations et expériences sur l'artillerie. (Alethopolis, Neumann, s. d., vers 1705), in-8° veau, net. 6 fr.

1281. SAINT-PIERRE (B. de). **Paul et Virginie**, suivi de la chau-mière indienne, précédé d'une notice par Sainte-Beuve. (Paris, Furne 1863). Gr. in-8, demi-rel. chag. tête dorée, net. . . . . 35 fr.
Bel exemplaire, illustré de 7 portraits, 28 grands bois tirés à part et plus de 450 vignettes dans le texte, d'après Johannot, Meissonier, Français, Isabey.

1282. Paul et Virginie, avec notice et notes, par A. France,)Paris, Lemerre, 1878). In-8, br., papier Whatman, épuisé, net. 10 fr. »

1283. SAND (G.). **François le Champi** (Paris, Lévy, 1888). In-8, demi-rel. non rogné, net . . . . 18 fr.
Édition épuisée, illustrée de dessins et aquarelles de E. Burnand. Exemplaire auquel on a ajouté une lettre autographe de l'auteur.

1284. SAND (Maurice). **Masques et Bouffons** (comédie italienne). Gravures par A. Manceau, préface par George Sand. Paris, Michel Lévy frères, 1860). 2 vol gr. in-8, dem-rel. tr. peig. net. . . . . 40 fr.
Édition ornée de 50 gravures en couleurs. Très bel exemplaire d'un ouvrage rare.

1285. SARASIN (François). **Poésies** augmentées de documents nouveaux et de pièces inéd., publiées avec notices, préfaces et notes par O. Uzanne (Paris, 1877). In-12. d.-rel. amat., mar. vert, dos orné, n. rog. net 12 fr.
Portrait à l'eau-forte de Lalauze, frontispice, vignettes et culs-de-lampe,

1286. Satyre ménippée (La) ou la vertu du catholicon, selon l'édition princeps de 1594, introductions et éclaircissements, par M. Ch. Read (Paris, 1876). Br. net. . . . . 18 fr. »
In-16, tiré, en grand papier de Hollande, numéroté, avec un joli portrait.

1287. Satyres chrétiennes de la cuisine papale. Imprimé par Conrad Badius, avec privilège, 1560). In-8, d.-rel. mar. rouge, coin, tête dor., n. rogné, net. . . . -. . 12 fr. »
Figures sur bois, sur le titre, réimpression faite à Genève, par J.-G. Fick, en 1857.

1288. SÉVIGNÉ (Mme de) **Lettres choisies.** Avec une notice par Poujoulat (Tours, Mame, 1871). In-8, br. Eaux-fortes de Foulquier. net . . . . 12 fr.

1289. Seymour (Sketches by). London, J.-C. Hotten, s. d. In-4, obl. cart., 180, caricatures net . . . . 40 fr. »

1290. SILVESTRE (Armand). **Le conte de Larcher** (Paris, Lahure, 1883). In-8., couverture illustrée. papier du Japon, aquarelles de Poirson, gravées par Gillot, net 40 fr.
Le même, papier de Chine, non mis dans le commerce, net. . . . . 50 fr. »

1291. Simon-Stevin (Brugeois). (Notice sur). Gand, Annoot Braeckman, 1847. Imprimé sur satin ; dans le même vol. un double exemplaire imprimé sur peau de vélin. Ens. 1 vol. in-18, mar. vert, filets, dos orné. dent. int., gardes moires, tranches dorées. Ravissante reliure de Petit, successeur de Simier, net. . . . . 40 fr. »

1292. Tainturier (A.). **Les terres émaillées** de Bernard Palissy, inventeur des Rustiques Figulines. Etude sur les travaux du Maître et de ses continuateurs, suivie du Catalogue de leur œuvre. (Paris, Didron et Renouard, 1862). Gr. in-8, pl et fig. demi-rel, mar. ch. brun. non rogné, net. . . . . 10 fr.

1293. TAMISE (La). **London Armstrong**, in-4, bas, fers à froid. Net. . . . . . 15 fr.
Charmant ouvrage orné de 80 belles gravures sur acier, représentant les principaux sites et plus beaux endroits arrosés par le fleuve.

1294. TASSE. Jérusalem délivrée, poème, trad. de l'italien par Le Brun, nouv. édit., revue et corrigée, enrichie de la vie du Tasse par Suard. (Paris, Bossange, Masson et Besson), an XI. — 1803, 2 vol. in-8, fig,, cart. non rog. net. . . . . 20 fr.
Portrait par Chasselat, gravé par Delvaux, et 20 figures par Lebarbier, etc.
Exemplaire en papier vélin avec les figures avant la lettre, et auquel on a joint 4 figures de Ducis, grav. par Pauquet, pour la Vie du Tasse (3 figures sur 4) sont en 2 états avant la lettre et eaux-fortes.

1295. — **La Jérusalem délivrée**, trad. en vers français, par P. L. M. Baour-Lormian, (Paris, Delaunay *impr. de Didot jeune,* 1819), 3 vol. in-8, fig., cart., non rog. net. 16 fr.
1 portrait du Tasse, gravé par Muller d'après Desenne, et 3 figures par Chasselat, Bergeret et Desenne. gravées par Leroux, Pauquet et Muller.
Exemplaire en grand papier vélin avec le portrait et les figures en 3 états.

1296. — **La Jérusalem délivrée**, poème traduit de l'italien par Le Brun. Edition enrichie de la vie du Tasse, par Suard (Paris, Bossange, 1803). 2 vol. in-8, v. marb., filets dos orné, tr. dor., net. . . . . 12 fr.
Portrait par Chasselat, gravé par Delvaux et 20 figures par Lebarbier.

1297. THEURIET (André). **Nos Oiseaux**, superbe édition, ornée de 20 aquarelles de Giacomelli. Magnifique volume in-4, imprimé sur beau papier vélin
En cartons. Au lieu de 300 fr., net 170 fr.
Demi-reliure en maroquin avec coins. tête dorée, non rogné, net. . . . . . 240 fr.
Riche reliure en maroquin bleu, ornement sur le plat du volume, dentelles intérieures, tranches dorées, gardes en satin, net. 300 fr.

1298. TOUCHATOUT. Le Trombinoscope, dessins de Moloch (Paris, 1882). Gr. in-8, br., 10 fr., net. . . . . 6 fr.

1299. — **Histoire tintamaresque de Napoléon III.** Gr. in-8, en livraisons. *Nombr uses caricatui es,* net. . . . . 5 fr.

1300. Tour du monde (Le), Collection complète de l'origine 1860 à 1894, 35 années en

34 vol., in-4 demi-reliure neuve, chagrin. Au lieu de 1125 fr. net. . . . . . . 600 fr.

Ce journal est, en France et à l'Etranger, le seul recueil de son espèce, et l'un des plus beaux journaux illustrés de notre temps.

1301. **Trophea, marii de bello cymbr. putat. ad. aed. d.** (Cuseb Komal, s. d.). In-fol. mar. grenat, dos orné, filets, tranches dorées, dentelles intérieures, net. . . . . . . 25 fr.

Très bel exemplaire d'un curieux ouvrage de trophées antiques, exemplaire dont les planches sont remontées et montées sur onglets.

1302 **Univers pittoresque.** Histoire et description de tous les peuples.
Nous vendons chaque partie 2 fr. 50 le volume broché 3 fr. le volume cartonné 4 fr. le volume demi-reliure.
Afrique ancienne. 1 vol. cart.
— australe — —
Algérie. 1 vol. cart. ou demi-rel.
Allemagne. 2 vol. cart. ou demi-rel.
Arabie. 1 vol. cart. ou demi-rel.
Autriche-Hongrie et états de l'Allemagne. 1 vol. cart.
Belgique et Hollande. 1 vol. cart.
Brésil, Colombie, Guyane. 1 vol. cart.
Carthage. 1 vol. demi-rel.
Chaldée. Assyrie, Phénicie. 1 vol. demi-rel.
Chili, Patagonie, etc. 1 vol. cart.
Chine ancienne et moderne. 2 vol. cart. ou demi-rel.
Chine ancienne. 1 vol. br. ou cart.
Danemark. 1 vol. cart.
Egypte ancienne et moderne. 2 vol. cart.
Egypte ancienne. 1 vol. cart. ou demi-rel.
Espagne, Sardaigne, Corse. etc. 2 vol. cart.
Etats de la confédération germanique. 1 vol. demi-rel.
Etats-Unis jusqu'en 1812. 1 vol. br. ou cart.
— depuis 1812. 1 vol. cart.
Grèce ancienne et moderne. 2 vol. br.
Grèce ancienne. 1 vol. cart. ou demi-rel.
Iles de l'Afrique. br. ou demi-rel.
— la Grèce. 1 vol. demi-rel.
Italie ancienne et moderne. 2 vol. cart.
— moderne. 1 vol. br.
Inde. 1 vol. cart. ou demi-rel.
Japon, Indo-chine. Ceylan. 1 vol. demi-rel. ou cart.
Mexique. 1 vol. cart.
Océanie. 3 vol. br. cart. demi-rel.
Palestine. 1 vol. cart. ou demi-rel.
Perse. 1 vol. cart. ou demi-rel.
Phénicie. 1 vol. cart.
Pologne. 1 vol. br. ou cart.
Portugal. 1 vol. cart.
Provinces Danubiennes. 1 vol. cart.
Russie. 2 vol. cart.
Sénégambie et Guinée, Nubie et Abyssinie. 1 vol. cart. ou demi-rel.
Abyssinie. 1 vol. cart. ou demi-rel.
Suède et Norwège. 1 vol. br. cart. ou d.-rel.
Suisse et Tyrol. 1 vol. br. ou cart.
Syrie. 1 vol. cart. ou demi-rel.
Tartarie, Mongolie, Nepaul, Thibet. etc. 1 vol. cart. ou dem.-rel.
Turquie. 1 vol. br. ou cart.
Villes hanséatiques. 1 vol. cart.

1202 *bis.* **LEBAS. Dictionnaire encyclopédique de la France.** 12 vol. Annales historiques 2 vol. Ens 14 vol. broch. . . . 28 fr.
Le même. cartonné 34 fr. ou demi-rel. 40 fr.

1303. **VADÉ. La Pipe cassée, poème épitra-**

gipoissardihéroïcomique (Paris, Leclerc, 1866). In-8, d.-rel. amateur, maroq. Laval., tête dor. n. rog. net. . . . . 15 fr.
Tiré à 200 exemplaires. Exemplaire avec la suite des figures d'Eisen en deux états, sur papier Whatman, en noir et sanguine.

1304. **VAENIUS. (Otho). Amoris divini emblemata, studio et aere.** (Antverpiœ ex officina Plantiniana. 1660 — Emblemata sive symbola a principibus, voris ecclesiasticis, ac militaribus (Bruxellæ, Hubertii Antonii, 1624). En 1 vol. in-4. demi-rel. amat. maroq. tête dorée. Très bel exemplaire. net . . 60 fr.

1305. **Versailles.** Palais, Musée, Jardins (Paris). 1 vol. in-8. Cartonnage spécial ; superbe ouvrage, illustré net . . . . . 7 fr.

1306. **VEUILLOT. (L.). L'Imitation de Jésus-Christ** (Paris, Glady, 1876). In-8., br. Pl. 50 fr. net. . . . . 20 fr.

1307. **VITU (Auguste). La Maison mortuaire de Molière,** d'après des documents inédits, avec plans et dessins (Paris, Lemerre, 1880). Petit in-8., d.-rel., très bon état. *Epuisé,* net . . . . 8 fr.

1308. **VOLTAIRE. Œuvres complètes,** nouvelle édition avec notices, préfaces, variantes, notes, par L. Moland. 52 volumes in-8, très bonne reliure de bibliothèque. Au lieu de 500 fr. net. . . . . 325 fr.

1309. **VOLTAIRE. Œuvres complètes.** De l'imprimerie de la Société typographique (Kehl). 1784-1789. 70 vol. in-8, basane, filets, tr. dorées. net. . . . . 250 fr.
Splendide exemplaire dans sa première reliure, édition célèbre, due à Beaumarchais qui avait créé à Kehl une imprimerie, destinée expressément à mener à bien ce grand ouvrage. Les figures de Moreau et les portraits sont en très belles épreuves.

1310. **WALLON (H.) Saint-Louis.** (Tours, Mame, 1880). gr. in-8. Rel. plaque net 12 fr.
Illustré de nombreuses gravures et chromolithographies.

1311. **WEY (Francis). La Haute-Savoie,** récits de voyage et d'histoire (Paris et Genève, 1886). In-fol., cart., dos fatigué, net. 25 fr.
Illustré de 50 lithographies par Terry.

1312. **UZANNE (D). Anecdotes sur la comtesse Du Barry.** (Paris, Quantin, 1880). gr. in-8. br. *Papier de Hollande* 30 fr, net 12 fr.

1313. **— La chronique scandaleuse.** (Paris, Quantin, 1879), gr. in-8, br. *Papier de Hollande.* 30 fr. net . . . . 14 fr.

1314. **— Contes pour les bibliophiles,** magnifique volume, gr. in-8., illustré de 300 gravures en noir et en couleurs, de Robida, couverture de G. Auriol. *Exemplaires numérotés,* au lieu de 25 fr. net. . 16 fr. 50

1315. **— Contes de la vingtième année, Bric-à-brac de l'amour. Calendrier de Vénus. Surprises du cœur.** Un beau volume, gr. in-8., décorations en camaïeu par E. Courboin, fronstispice de Vierge, interprété à l'eau-forte par Massé. Exemplaire numéroté, sur vélin, satin d'Ecosse. Au lieu de 20 fr., net 15 fr.

1316 **— L'Eventail.** (Paris, Quantin, 1882), gr. in-8, br. net. . . . . 80 fr.
Epuisé et rare, joli ouvrage orné de 80 illustrations de Paul Avril en différents tons et gravés en taille douce couverture illustrée.

Le même ouvrage avec emboîtage artistique. net. . . . . 90 fr.

1317. — **La Française du siècle.** Modes — Mœurs — Usages (Paris, Quantin, 1886). gr. in-8. br. couverture et emboîtage net **100 fr.**
Exemplaire numéroté sur papier du Japon.

1318. — **Le miroir du Monde,** notes et sensations de la vie pittoresque, illustrations en couleurs d'après P. Avril. (Paris, Quantin, 1878), in-4, cart. couverture conservée, n. rog. *Épuisé,* net . . . . **30 fr.**

1319. — **L'Ombrelle,** le Gant, le Manchon. (Paris, Quantin, 1883, gr. in-8. br.
Jolie couverture, très bel ouvrage orné de 80 illustrations de Paul Avril.

1320. — **Le paroissien du célibataire,** observations physiologiques et morales sur l'état du célibat. (Paris, Quantin, 1890). in-8, br. net. . . . . **12 fr.**
Illustrations de A. Lynch, gravées à l'eau-forte par E. Gaujean.

1321. — **Physiologie** des quais de Paris du Pont-Royal au Pont Sully, (Paris, 1893), in-8. br. couverture. 40 fr. . . . . **18 fr.**
Exemplaire numéroté sur papier du Japon, illustrations de E. Mas, eau-forte de Manesse.

ALBUMS D'EX-LIBRIS RARES ET CURIEUX
DU XVIIᵉ AU XIXᵉ SIÈCLE

Un beau volume in-8, avec un titre gravé par Choffard, contenant la reproduction de 26 beaux ex-libris, représentant les types qui caractérisent le mieux les époques, 10 fr., net **8 75**

EX-LIBRIS ANA

Notices historiques et critiques sur les ex-libris Français depuis leur apparition jusqu'à l'année 1895, par H. Jardère.

Un volume in-8°, orné de 32 planches gravées parmi lesquelles on remarque les ex-libris de : La princesse de Turenne, Huquier, Archambault, du château de la Bastille, de M. de Chateau-Giron, Palisot, de Duché et signés de Choffard, Marillier, Monnet, etc., 15 fr., net . . . . **13 fr.**

EX-LIBRIS IMAGINAIRES ET SUPPOSÉS
DE PERSONNAGES CÉLÉBRES ANCIENS ET MODERNES

E. Poë, A. Karr, Marat, S. Arnould, Bossuet, Brillat-Savarin, Mⁱˢ de Sade, Napoléon, Danton, Baudelaire, Meissonier, V. Hugo, F. Pyat, H. Murger, Rabelais, A. de Musset, Littré, Charcot, A. Dumas, Dʳ Ricard. Album de 35 planches gravées. 1 vol. in-8°, 10 fr., net. **8 75**

E. RAYNALY

LES PROPOS D'UN ESCAMOTEUR

Etude critique et humoristique. Prestidigitation, Magnétisme, Spiritisme.
Un volume in-12, broché. Au lieu de 3 fr. 50, net **0 75**

P. MAX-SIMON

TEMPS-PASSÉ
Journal sans date

Recueil de souvenirs et anecdotes racontés par un médecin sur les personnages et les faits contemporains.
1 vol. in-18 de 330 pages. Au lieu de 3 fr., net **0 75**

LIVRES DE MARIAGE ET & DE PREMIÈRE COMMUNION
MISSELS PAROISSIENS

MISSEL ROMAIN DIT DES SEPT SACREMENTS

Édition nouvelle grand in-18, mesurant 17 × 13

Contenant les Offices du Dimanche et des principales Fêtes, et la traduction des textes liturgiques relatifs à l'administration des sept Sacrements, d'après le Rituel et le Pontificat romains. Splendides encadrements en plusieurs couleurs sur fond or, d'après Habert Dys ; sept grandes planches et soixante-quatre sujets gravés par MÉAULLE d'après les dessins de MOUCHOT.

Maroquin du Levant uni, gardes soie, écrin velours et soie. 47 fr. »
Le même, avec dorures très riches aux petits fers. . . . . 54 fr. 50
Le même, avec dorures variées à la main. . . . . 52 fr. 25

HEURES ROMAINES

Magnifique édition illustrée dans le style du XVe siècle, mesurant 15 × 13

Contenant l'Office des Dimanches et des principales Fêtes de l'année, en français et en latin ; ornée de trente sujets hors texte ; cent encadrements variés ; texte rouge et noir (en caractères elzéviriens).— Compositions de A. QUEROY, gravée par A. FUSMAN.— Tirage de luxe.

Maroquin du Levant uni, gardes soie, écrin velours et soie. 61 fr. »
Le même, avec dorures variées aux petits fers . . . . . 65 fr. 50

LIVRE D'HEURES POUR MARIAGE

Édition de grand luxe, mesurant 15 × 12.

Contenant les Offices des principales Fêtes de l'année, la Messe et les Vêpres du Dimanche, l'ordre et l'explication des cérémonies du mariage, des lectures et des prières pour les époux. par Madame la comtesse de FLAVIGNY. encadrements variés, frises, culs-de-lampe, reproduisant les types exacts de tous les genres de dentelles depuis les origines jusqu'à nos jours frontispice en couleur et quatre gravures à l'eau-forte, d'après les dessins de Henri CAROT, gravures de MÉAULLE

(Une notice explicative des ornements accompagne cette édition.)

Maroquin uni du Levant, gardes soie écrin velours et soie . 31 fr. »
Le même, avec dorures variées aux petits fers, écrin. . . 30 fr. 50

LIVRE D'HEURES
DE LA PREMIÈRE COMMUNION

Édition de grand luxe mesurant 15 × 12

Contenant les Offices des principales Fêtes de l'année, la Messe et les Vêpres du Dimanche et des instructions pour le jour et le lendemain de la première communion et pour la confirmation par Madame la comtesse de FLAVIGNY. Mêmes encadrements que le précédent.

Maroquin du Levant uni, gardes en soie, écrin velours et soie 31 fr. »
Le même, avec dorures variées aux petits fers, écrin. . . . 30 fr. 50

PAROISSIEN ROMAIN

Magnifique édition illustrée d'après les peintures des catacombes, mesurant 14×11, contenant l'office du dimanche et des principales fêtes de l'année. Ornements du texte par Ciappori ; les sept sacrements, dessins hors texte par O. Merson, gravés par Méaulle.

Maroquin du Levant, couleurs variées, uni, gardes en soie . 23 fr. 50
Le même avec dorures variées à la main, écrin . . . . . . 28 fr.

MISSEL ROMAIN
A L'USAGE DES FIDÈLES

Très belle édition sur papier teinté, mesurant 15×12. Contenant l'office des dimanches et des principales fêtes de l'année, ornée d'encadrements variés, compositions de Leniept, gravées par Méaulle, huit belles gravures hors texte, d'après G. Doré.

Maroquin poli, uni, gardes en papier . . . . 9 fr.
— du Levant, uni, gardes en soie, écrin velours et soie. 24 fr.
— poli, dorures variées, gardes en soie, étui . . . . . 18 fr.

PAROISSIEN ROMAIN ILLUSTRÉ

Édition grand in-32 jésus, sur papier teinté, mesurant 13×10, encadrements d'après les dessins de Leniept, quatre gravures sur acier imprimées sur papier teinté.
Contenant l'office de tous les dimanches et de fêtes de l'année, le chemin de la Croix, etc.

Maroquin poli, couleurs et dorures variées, étui . . . . 8 fr.

PAROISSIEN ROMAIN ILLUSTRÉ

Très belle édition sur papier teinté, format in-32, mesurant 12×10. Contenant l'office de tous les dimanches et des principales fêtes de l'année, le chemin de la Croix, etc. Cadres et frises par Ciappori, gravés par Méaulle ; quatre sujets hors texte d'après les peintures de Fra Angelico, gravés par L. Rousseau.

Maroquin poli, couleurs variées . . . . 6 fr. 75
— du Levant, couleurs variées, gardes en soie, étui. 13 fr. 50
— poli, couleurs et dorures variées . . . . 9 fr. 75

L'IMITATION DE JÉSUS-CHRIST

Grand in-32 jésus, mesurant 14 × 11. Avec réflexions à la fin de chaque chapitre, par l'abbé F. de Lamennais, orné de 16 gravures hors texte, par G. Doré, illustration du texte par Giacomelli.

Maroquin du Levant, uni, gardes en soie, écrin velours et soie . . 28 fr.

LIVRES D'OFFICES ET DE PIÉTÉ

Format in-32, mesurant 12×8 (éditions portatives) papier teinté, encadrement rouge. Frises et sujets hors texte dans le style du XVᵉ siècle, par A. Queyroy.

Maroquin du Levant, couleurs et dorures variées, gardes en soie, étui. 15 fr.

LIVRES D'OFFICES ET DE PIÉTÉ

Format in-32 allongé, mesurant 12×7, papier teinté, encadrement noir et rouge.

Maroquin du Levant, couleurs et dorures variées, gardes en papier. 12 fr.
— ouaté, coins ronds, titre doré sur le plat. . . . . 6 fr.

NOS PRIMES

RICHES TABLEAUX D'APPARTEMENTS

Sous verre, dans un très bel encadrement noir rehaussé d'or,
pouvant décorer Salon, Chambre à coucher, Cabinet de travail, etc., etc.
Chaque tableau, dimension de 0,64×0,53, est vendu

8.75 au lieu de 22 fr.

AVIS. — Vu l'extrême bon marché de ces tableaux et malgré les nombres que l'on pourrait demander, le port et l'emballage sont à la charge du destinataire.

Ces planches montées sur chine et finement gravées au burin proviennent de la collection du *Musée du Louvre*; elles ont été choisies parmi les plus intéressantes et nous semblent le mieux convenir aux goûts de notre clientèle.

ÉCOLE FRANÇAISE

CH. LE BRUN. Le Benedicite.
LENAIN. Le Maréchal ferrant.
J. VERNET. Le Naufrage.
— La Tempête.

H. VERNET. Le maréchal Moncey à la barrière de Clichy.
N. POUSSIN. L'enlèvement des Sabines.
— Mars et Vénus.

ÉCOLE ITALIENNE

F. ALBANE. La Naissance de la Vierge.
— L'Air.
— La Terre.
— L'Eau.
— Le Feu.
LE BOLOGNÈSE. Des Femmes sortant du bain.
— Retour d'une promenade sur l'eau.

LE CORRÈGE. Saint Gérôme.
LE DOMINIQUIN. Sainte Cécile.
— Le Triomphe de l'Amour.
RAPHAEL. La Sainte Famille.
— L'Enfant Jésus caressant saint Jean.
A. VERONÈSE. Le Déluge.
L. DE VINCI. Sainte Anne, la Vierge et l'enfant Jésus.

ÉCOLE HOLLANDAISE

N. BERGHEM. Le Retour des animaux.
DOUVEN. La Vierge aux cerises.
GÉRARD DOW. Une jeune femme à sa fenêtre.
KAREL DU JARDIN. Le Bocage.
— Le Pâturage.
KORNELIS BEGA. Le bon Ménage.

METZU. La Marchande de volailles.
REMBRANDT. Le Ménage du menuisier.
— Paysage.
A. VAN OSTADE. Le Chansonnier.
J. VAN GOYEN. Vue de Flandre.
J. VAN STEEN. Les Plaisirs de famille.

ÉCOLE FLAMANDE

RUBENS. La Descente de Croix.
— La Kermesse flamande.
— L'Arc en Ciel.

TÉNIERS. Des Joueurs de cartes.
— Deux Fumeurs.

ÉCOLE ESPAGNOLE

MURILLO. La Vierge et l'enfant Jésus. | MURILLO. Un jeune Mendiant.

PARIS. — IMPRIMERIE FERD. IMBERT, 7, RUE DES CANETTES.